全国公安系统“一级英模”何天慈

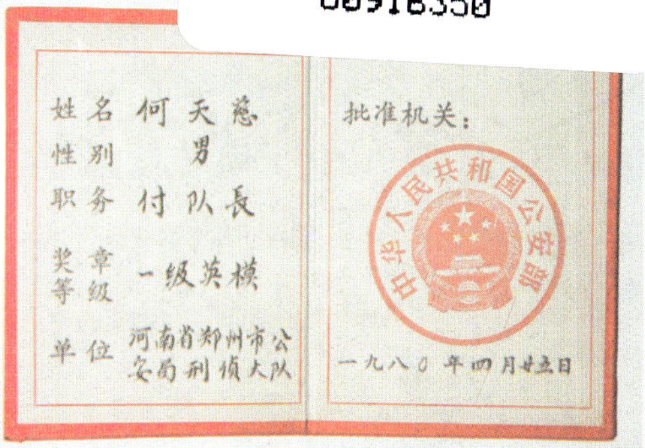

姓名 何天慈
性别 男
职务 付队長
奖章等级 一级英模
单位 河南省郑州市公安局刑侦大队
批准机关：
中华人民共和国公安部
一九八〇年四月廿五日

何天慈“一级英模”荣誉证书

20 世纪 60 年代专案民警留影

20 世纪 60 年代刑侦民警骑自行车下乡办案

20 世纪 60 年代刑侦民警制作案件卷宗

20 世纪 70 年代刑侦民警审讯犯罪嫌疑人

1972 年原郑州市公安机关军事管制
委员会刑侦大队接处警摩托车

20 世纪 70 年代刑侦队接处警“偏三轮”摩托车

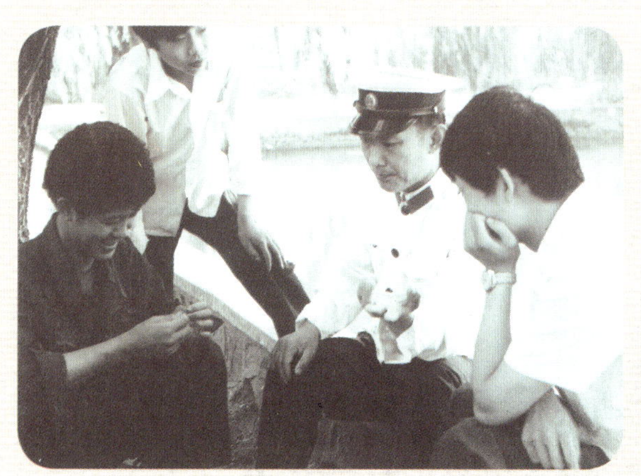

20 世纪 70 年代刑侦民警走访群众（穿 72 式警服）

1974 年刑侦民警持枪守候犯罪嫌疑人
（穿 72 式警服）

原郑州市公安局刑侦处（九处）警务车辆

1978 年郑州 市公安局刑侦工作会议后合影

1982 年冬郑州市公安局刑侦大队集体合影

原郑州市公安局刑侦处（九处）领导集体讨论案情

原郑州市公安局刑侦处（九处）二科刑警合影（穿 83 式警服）

"12·9"案件案发地郑州市银基商贸城

"12·9"案件中心现场

抓获"12·9"案件主犯张书海

侦破"12·9"案件后押解犯罪嫌疑人执行死刑

成功侦破"12·9"案件后群众欢呼雀跃

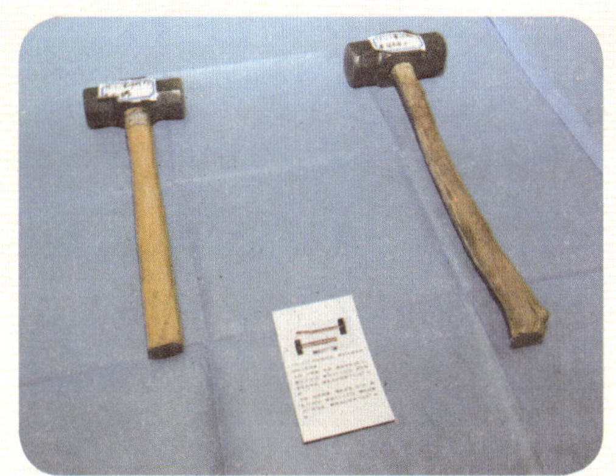

“12 · 5”案件犯罪嫌疑人作案工具

抓捕“12 · 5”案件犯罪嫌疑人现场

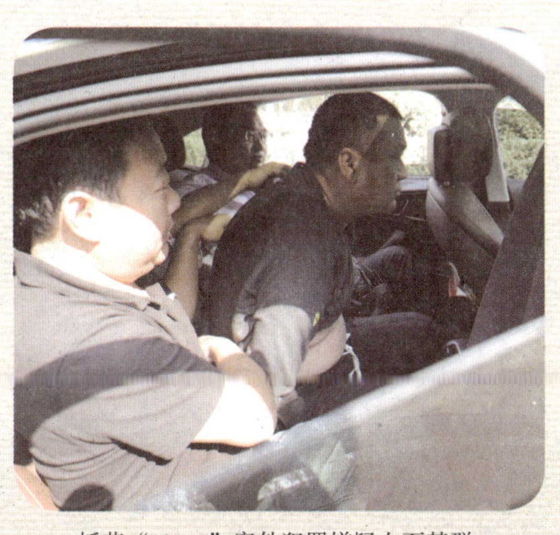

抓获“12 · 5”案件犯罪嫌疑人石某群

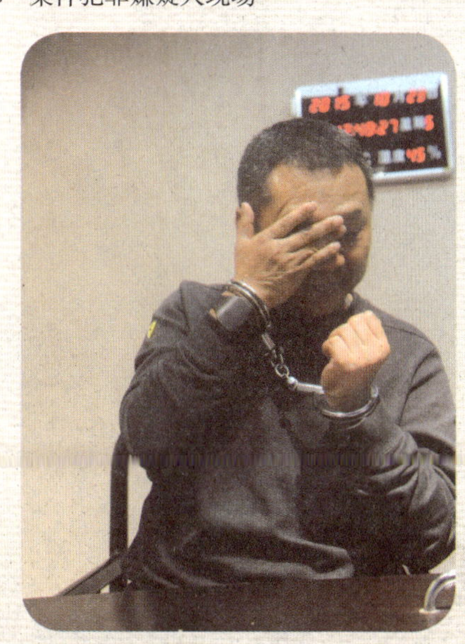

审讯“12 · 5”案件犯罪嫌疑人石某群

刑侦民警审讯扒窃掂包犯罪嫌疑人

刑侦民警抓获公安部 B 级逃犯宋建军（2011 年 11 月）

刑事技术民警进入案发现场勘查

刑侦民警带领警犬在案发现场搜索

郑州市公安局新一代刑侦民警风采

永不褪色的記憶

郑州刑警故事

赵 佳◎主编

河南科学技术出版社
·郑州·

图书在版编目（CIP）数据

永不褪色的记忆：郑州刑警故事 / 赵佳主编. —郑州：河南科学技术出版社，2015.12（2023.2 重印）

ISBN 978-7-5349-8066-4

Ⅰ.①永… Ⅱ.①赵… Ⅲ.①报告文学-作品集-中国-当代 Ⅳ.①I25

中国版本图书馆CIP数据核字（2015）第295449号

出版发行：河南科学技术出版社
地址：郑州市经五路66号　邮编：450002
电话：（0371）65737028　65788613
网址：www.hnstp.cn

策划编辑：李肖胜　姚翔宇
责任编辑：姚翔宇
责任校对：柯　姣
书籍设计：张　伟
责任印制：张艳芳
印　　刷：永清县晔盛亚胶印有限公司
经　　销：全国新华书店
幅面尺寸：170 mm × 240 mm　　印张：14.25　　字数：228千字
版　　次：2015年12月第1版　　2023年2月第2次印刷
定　　价：45.00元

序

在郑州公安围绕“全省第一，全国一流，永不落后”的目标定位，吹响“八项重点工作”“六个特色品牌”进军号角之际，郑州市公安局犯罪侦查局组织创作的公安纪实文学《永不褪色的记忆——郑州刑警故事》一书杀青出版了。这是郑州公安实施“文化强警、文化惠警、文化塑警”战略的务实举措之一，是发挥警营文化在公安工作和队伍建设中支撑、引领和促进作用的突出体现，我很高兴为之执笔作序。

国家安危，公安系于一半；打击犯罪，刑警系于心间。秉锋锷兮以除邪魔，庇佑幸福；持利剑兮以铲罪恶，肩担道义。郑州公安历史的峰回路转中，总有一些东西贯穿岁月、一脉相承。文字记录历史，历史就像生命。《永不褪色的记忆——郑州刑警故事》一书用平实的语言、凝练的笔触，记录了郑州刑侦老、中、青三代人的不同心路历程，真实生动地再现了郑州刑警为了法律尊严、社会和谐、人民安宁而拼搏奉献的历史。虽然时代、经历和感受各不相同，但打击犯罪的使命和职责是相同的，战斗意志和亮剑精神所传递出的力量是相同的，作为郑州公安群体中的一员，本书引起了我强烈的共鸣，我仿佛呼吸到了英雄的气息，触摸到了榜样的脉搏，书中的不同刑警人物都是和平年代里“最可爱的人”。

郑州刑警这个群体是有信仰的，坚守信仰的人，也坚守着职业操守和意志品质；坚守信仰的队伍，也坚守着使命感和荣誉感，郑州刑警始终发挥着我市打击犯罪主力军和尖刀班的作用。血腥现场中他们细致勘查，痕迹锁凶；排查访问中他们走街串巷，抽丝剥茧；出差办案中他们抛家舍子，忘我取证；蹲点守候中他们披星戴月，独自等待；卧底贴靠中他们深入虎穴，力挽狂澜；秘密抓捕中他们冲锋陷阵，殊死搏斗；审讯深挖中他们唇枪舌剑，斗智斗勇。他们始终秉承战胜一切邪恶势力的勇气和精神，越是艰难险境，越是敢于冲锋较量。在惊心动魄的刑侦战线上，他们用生命和智慧谱写出可歌可泣的不朽篇章，在郑州公安历史长河中留下忠诚无悔的印迹！

今年以来，郑州市公安局犯罪侦查局勇挑重担，克难攻坚，始终将打击锋芒指向暴恐、命案、绑架、抢劫等严重暴力犯罪，针对我市历史重特大积案，多策并举，穷尽一切侦查措施手段，集中开展积案攻坚会战，一批沉积多年的重特大案件被成功侦破，一批逍遥法外的犯罪分子被成功抓获，有力地震慑了犯罪分子，确保我市积案侦破率全省领先。10月21日，郑州刑侦成功侦破我市“1999·12·5”特大持枪抢劫银行案，抓获涉案5名犯罪嫌疑人，在社会上引起强烈反响，真正体现了“硬仗恶战用我、用我敢拼必胜”的战斗意志和精神。

伟大的事业呼唤伟大的精神，本书所传承的正是这种职业精神的“正能量”，而精神的力量是无穷的。在郑州市公安局政治部科学指导下，市公安局犯罪侦查局党委将优秀刑警故事汇编出版，既是推动“三严三实”专题教育活动深入开展的自选动作，更是鼓舞和激励全局民警践行人民警察核心价值观的重要载体。人事有代谢，往事成古今，恐他日物事变迁，殊难追怀，谨以此序明志。希望本书所传达的思想和精神，在郑州警营中落地生根、开花结果，使广大公安民警的思想认识在岁月流金、使命担当中得到洗礼和升华，以期弘扬正气，激励斗志。丹青文墨以绘锦绣，砥砺奋进再拓新壤！

河南省公安厅副厅长

郑州市人民政府副市长

郑州市公安局党委书记、局长 沈庆怀

二〇一五年十二月

目录

第二篇　大案侧记 …………………………………（69）

第三篇　守护绿城 …………………………………（145）

序曲：苦乐刑警　无悔人生

刑侦队伍是公安机关打击犯罪的拳头和利剑，刑警是罪犯的克星，是人民群众的卫士。崇高的使命和艰巨的任务，决定了刑警既要有正直的性格、顽强的毅力，又要有灵活的思维、足够的智慧；既要卧薪尝胆、风餐露宿，又要冲锋陷阵、赴汤蹈火；既要铁面无私、威猛如虎，又要剑胆琴心、柔肠侠骨。做刑警，既有时常回不了家的苦恼、干不完活的无奈、破不了案的沮丧，又有战友小酌的酣畅、团结协作的幸福、侦破疑案的快乐；既有面对被害人时的激愤，又有面对掌声、鲜花时的欣慰。这就是刑侦工作的魅力，这就是许多人既烦又爱刑侦职业的缘由。

干了大半辈子的刑侦，许多人和事值得我们静静地回忆，值得我们永远铭记，尤其是那些优良的传统和创造的辉煌，更值得我们传承。

选择刑侦，无悔！从事刑侦，很值！

（一）一个梦想

年轻时
我们都有一个梦想
如多彩的青春那般，鲜亮

第一次选择人生的道路
我紧紧握住，自己的方向
背着激情和行囊

义无反顾地走进警营
从此，开始了
一生无悔的雨雪风霜
一路走来
诠释着警察的职责和担当
体会着职业的辛酸与荣光

梦想与现实
总隔着一些失落与假象
初入刑警队伍
面对大小的案件，和各种的忙
一点儿也找不到——
儿时心中，刑警那威武神气的模样
可是
在群众危难时刻期待的眼神里
在代表正义惩治邪恶的决心中
我重新理解了刑警——
普普通通，脚步匆忙
一年四季奔走在追凶的路上
历尽艰辛，却痴心不改
所有的苦与累，只为
揭开谜团的真相
给群众带来希望
让警徽永远绽放正义之光

刑警，就是这样

（二）一种信仰

人到中年
总为了一种信仰
像旅途中的灯塔那样，导航

多年在刑侦战线上摸爬滚打
一直坚守着，底线和方向
带着使命和良知
不知疲倦地“泡”在各种案件上
迷茫时，有过绝望
转机时，心里紧张
胜利时，大喊几嗓
一路坚持
几多沧桑
只因，时时刻刻——
牢记着当初的誓言和理想
践行着对事业的忠诚和信仰

成功与失败
很多时候，只一步之遥
多一份坚持和执着
就能迎来胜利的曙光
疑惑与真相
有时候，相隔十六年
只要锲而不舍、紧追不放

再狡猾的狐狸也终会落网
几度春秋，寒来暑往
繁华都市，偏僻村庄
见证着刑警的付出，和内心的坚强
面对着重重困难
甚至是生死的考验——
我们从没有退缩
即便，想到家人的盼望
可为了警察的信仰
脑海中就一个字：上
刑警，就是这样

（三）一种感情

时间久了
都会有一种感情
像绿叶对根的情谊那样，芬芳

一起出生入死
一起除暴安良
一起感悟冷暖
一起创造辉煌
可以流血流汗
也不惧歹徒的疯狂
但绝不能接受，对这支队伍声誉的损伤
因为，头顶的警徽和身上的藏蓝

在我们心里，永远至高无上
这种感情
源自理想和信仰
早已在血液里流淌
但，这种感情
还包含着——
对家人的愧疚和迟迟未到的补偿
面对群众的求助
我们第一时间赶到现场
可对父母的承诺、与孩子的约定
我们总是忘了，又忘

刑警，就是这样

从警的路上，充满着苦与乐
选择这个职业
意味着付出和担当
选择这样的人生
注定是无怨无悔
刑警，就是这样
警察，就是这样

郑州市公安局党委委员、副局长

二〇一五年十二月

第一篇

流金岁月

何天慈　男，1931 年出生，1951 年参加公安工作，长期从事刑侦一线反扒工作。多次被评为郑州市、河南省公安战线模范标兵，1977 年被选为郑州市人大代表，1978 年当选河南省第五届人大代表，1980 年被评为全国公安系统“一级英模”。1980 年 7 月 16 日，因患癌症医治无效逝世，终年 49 岁。

威震贼胆

翻开郑州公安历史，在打击刑事犯罪的战场上，有无数英雄豪杰以血肉之躯迎难而上，誓死保卫人民群众生命财产安全，这其中便有一位反扒英雄何天慈，他已经去世有三十五个年头了。可能很多 20 世纪 90 年代以后入警的同志不认识他，甚至从没听说过他的名字。但在 20 世纪六七十年代，提起何天慈这个人，在郑州市可谓无人不知、无人不晓，只要报“何神仙”“何秃顶”的名号，郑州市区的老贼惯犯非吓得心惊肉跳、抱头鼠窜不可。就是这个其貌不扬的普通侦查员，以一己之力震慑了全市的扒窃犯罪分子。拨开历史的浮尘，让我们再一次感受英雄的力量和精神。

1951 年夏，何天慈从商丘市百货公司调入商丘市公安局工作，那一年他刚刚二十岁。三年后，他被组织调至省会郑州市当上了一名交通警察。在路边街面上站岗执勤久了，他不止一次目睹群众的财物被小偷扒窃，生性刚强的他对这些老贼惯犯的扒窃行为义愤填膺，于是暗暗萌生要以自己微薄之力为民除害的念头。1960 年秋，他向组织提出转行的申请，调到二七区分局当起了侦查员，专门和扒窃分子做斗争。

何天慈平时少言寡语，不善交际，但他深知干好反扒工作的重要性和艰巨性。如何快速熟悉反扒业务，如何在茫茫人海中敏锐地发现扒窃犯罪分子，如何乔装打扮进行跟踪，如何恰到好处地抓贼抓赃，这些从书本上是学不到的，必须靠亲身实践，在与扒窃犯罪分子真刀真枪的斗争中去摔打磨炼。当时，他不足三十岁，正是一个年轻人沉醉于甜蜜爱情的年纪，而且他夫妻和睦，单位离家不足 1000 米，但为了反扒工作，他规定自己每星期只回家一次。他把所有的时间都用在刻苦钻研业务、锻炼实践反扒技术上，他天天在市区繁华的商店、餐馆、影院、车站、公园等公共场所遛来转去,仿佛一个隐身的“幽灵”一般,用他锐利的“鹰眼”扫视着来往的行人，观察着不同人的各种表情和动作。就这样重复着乏味的观察和跟踪，两年后，他终于练出了“火眼金睛”，在郑州公安反扒界创出了奇迹。一次在郑州市老火车站，一夜之间，他带领治安员一举抓获了 14 名各式各样的扒窃掂包犯罪分子。从此，郑州市的“何神仙”“何秃顶”便出了名。

对于狡猾的老贼惯犯，长时间的尾随跟踪往往会暴露自己，而何天慈却具备全天候跟踪盯梢的硬功夫。一天上午，一个身穿料子服、手掂皮包、打着黑伞、鼻梁上架着墨镜的中年男子出现在二七区德化街（当时郑州市区的热闹路段）。何天慈在远处扫了这人一眼，立即感觉出这位“不速之客”的潜在危险性，快步尾随其走进了一家寄卖店。何天慈在柜台一边假装挑选东西，一边用眼睛的余光观察这个人。几秒钟后，何天慈自信地笑了：此人果然是个老贼。可是，这个人却不下手，又转悠到另一家商店，不时地问一问布匹的价钱，忽而又急速地在商店内环

视一周。何天慈明白，这是个刚到郑州的外地老贼，他是在试探“水”的深浅。凭借多年的经验，何天慈断定这人不会轻易下手，于是自己悄悄先出了商店。果然，这个老贼很快就出来了。就这样，一场斗智斗勇的暗战开始了。从一个商店跟到另一个商店，从市中心跟到东郊，又从东郊商店跟到西郊商场，最后又回到市区……这个外地流窜来的老贼充分“探查”了郑州治安环境，自以为可以“一展身手”大偷一把。当天中午，当老贼在市区一个饭馆里，跷着二郎腿品尝美味佳肴，隔着饭馆玻璃窗户耻笑门外茶摊上一个头戴破草帽、啃着干烧饼的“穷酸”人时，他万万没有想到，此人正是盯他梢的侦查员何天慈。

傍晚 7 时，外地老贼来到市区大同路附近，他自以为完全摸清了“行情”，坚信背后没有“老便”，很快就在一个饭店里物色了一名可以下手的“猎物”。他以随身携带的皮包作为掩护，以迅雷不及掩耳之势从“猎物”身上夹住一个钱包……但是，就在这时，一双铁钳似的大手紧紧抓住了这罪恶之爪。这个流窜数省的扒窃惯犯，做梦也没有想到，他被何天慈盯了近 11 小时、跟踪了 80 多千米！

曾经有一个外地的“老干家”（小偷）坐火车路过郑州，下火车到车站附近游逛，见到一个顾客向衣服口袋里放钱包，手痒难耐，他便以高明的扒窃手段打探了该顾客钱包的“肥瘦”，刚想下手去偷，突然想起郑州的“何神仙”，急忙收手转身而去。哪知他刚走进车站，就被何天慈铐了回来。这个“老干家”煞有介事地抗议：“为啥抓我？”何天慈怒目圆瞪，问道：“为什么捏别人的钱包？”这个“老干家”张口结舌。何天慈又呵斥说：“你身上有不义之财！”“老干家”一听打了个寒战。何天慈一搜查，发现“老干家”的腰带下、衣缝中、鞋帮里果然藏着 300 元钱和大量的粮票、布票。审讯中，“老干家”斜着眼睛望了望何天慈，鼓足勇气问：“干部，您是郑州的何师傅吧？”何天慈点了点头，小偷立刻垂头丧气地说：“在北京、西安和武汉，我扒窃从未失过手。早听说郑州有个‘何神仙’，这刚下火车就被你逮着，我算服气了。”

“谁在江湖不讲义气，谁不遵守道上规矩，出门叫他碰见何天慈！”来往于郑州行窃的犯罪分子常常这样赌咒发誓。他们把何天慈比作“钟馗”，对他是又恨又怕。在和犯罪分子斗争时，何天慈从未把个人安危放在心上。1978年春节期间，郑州市举办灯展，一到晚上很多市民携家带口都来观灯，灯展附近人头攒动，好不热闹。一天晚上，何天慈突然将冰冷的手铐铐在一个正在扒窃的家伙手腕上。这个小偷疯狂地挣扎，掩护作案的同伙挥拳朝何天慈的太阳穴打来。何天慈急忙侧身躲过，另一个同伙威胁道：“快放开他，不然捅死你。”说着飞起一脚踹向何天慈。由于被擒的犯罪分子一直猛烈挣扎，何天慈必须用力抓着他，没有及时闪躲，被犯罪分子一脚踹到腹部。他强忍剧痛死死抓住犯罪分子不放手，并奋力与另外两名犯罪分子搏斗，可谓在危急时刻以一敌三，另外两名犯罪分子愣是没有把何天慈打倒。在周围群众的协助下，三名犯罪分子很快被全部抓获。

当然，也有一些狡猾之徒企图用金钱和物质收买何天慈。一次，有个在郑州市百货大楼扒窃的惯犯被何天慈抓个正着。扭送至派出所的路上，这个惯犯突然把几百元赃款和一只手表塞进何天慈的衣服口袋，乞求说：“何师傅，我错了，东西全部归你，放了我吧。”何天慈一听，厉声骂道：“扯淡，你想用卑鄙下流手段收买我的良心？”这个惯犯才老实了。审讯后，在上报裁决书时，何天慈把犯罪分子企图利用金钱收买他这一条加了上去，结果，这个家伙受到了法律的加重处罚。此后，很多自作聪明的老贼惯犯企图收买、腐化何天慈都自食苦果。凡是在郑州这地界混的小偷，见到何天慈躲闪不及，唯一的办法就是点头哈腰，说一些改恶从善的话，他们连一支烟也不敢给“何神仙”递过去。

从事公安刑侦反扒工作以来，何天慈总共抓了多少扒窃掂包的犯罪分子？这很难有确切的统计数据。作为一个“80后”的年轻刑警，我也

十分好奇。通过从郑州市公安局档案馆查阅出的案卷档案看，栽在何天慈手下有据可查的就有来自 28 个省市的 2500 名扒窃或掂包犯罪分子。这个郑州警界的反扒高手，真正做到了守土有责、守土负责、守土尽责。

1975 年春天，何天慈患了胃病，不久他血压降低，时不时便头晕眼花。但是，他从没有想过去医院住上一段时间好好调养身体，而是仍旧坚持工作。他顶住了，而且一顶就是三年，到了 1978 年 11 月，何天慈的病情更严重了，身体越来越虚弱。11 月 21 日晚，他从外地出差回来，高烧不止。夜里,他吃了两片退烧药,22 日照常上班工作。23 日,他腹疼、头晕、恶心，一天没有吃饭。当晚 10 时，他又把民警于德水同志叫到单位宿舍，详细交代去湖南省向失主返还被盗物品的工作。夜里，他病情恶化，再次晕厥了过去，被送到医院后，经过抽血化验、肝穿刺等，都无法确诊病情。市公安局党委聘请几位著名的大夫，给何天慈剖腹检查。当腹腔打开后，医生们惊呆了，相互对视了许久，最后心情沉重地将刀口重新缝合。主治医生在诊断书上写道：肝胆管癌症后期，无法手术。

随后一年间，组织上一直给他转院，找了很多知名医生救治，何天慈感觉给组织添了麻烦，提出不再住院治疗，要在家中吃药休息。单位主要领导拗不过他，只好同意了他的要求。他的家离单位很近，虽然不能亲自工作，但他经常迈着艰难的步伐，到单位给年轻徒弟们出谋划策、指点迷津。

1980 年 4 月中旬，何天慈病情稍有好转，上级组织决定让他去北京参加全国公安战线先进集体、先进工作者表彰大会。会上，当他接到奖品和奖状，看着全国人大常委会副委员长彭真同志亲自把“一级英模”奖章挂在他胸前时,这位叱咤郑州警界多年的“战神”第一次感动得哭了。

1980 年 5 月，何天慈肝胆之间的癌细胞已经大面积扩散，7 月初他又被送到医院。7 月 14 日，何天慈在儿子和护士的帮助下，艰难地喝下最后一服中药。这时，他的胆囊开始破裂，疼痛欲绝。药刚入胃立即倒涌出来，他昏了过去。昏迷持续了三天两夜。何天慈在昏迷期间，神志不清地偶然发声："你……你这不是诈骗是啥？跟我走！"在一旁陪护的民警听到这些，再也抑制不住，泪涌不止。7 月 16 日晚 7 时许，郑州公安刑侦战线的忠诚卫士何天慈同志静静地走了。患病后直至因病去世的近四年间，他总共去过医院十余次，而在这期间，他抓获的扒窃犯罪分子有 800 多名，他把全部精力和心血都用在了同犯罪分子的斗争中！

我的思绪就此打断。翻阅了关于何天慈的这么多资料和档案，我没有发现轰轰烈烈的惊天大案，均是与老百姓财产安全相关的"小案子"。可是我转念一想：在那个物质极度匮乏的年代，一个普通工人一个月的工资不会超过 50 元钱，而如果一个小偷趁人不备盗窃得手，会给一个普通家庭带来什么样的恶劣影响？也许何天慈所做的就是守护"绿城"每个家庭的幸福和谐，他的名号、他的身影、他的行动，让无数窃贼惶惶不可终日，让敢于伸手作案的犯罪分子胆战心惊。也许多年之后，郑州警界还能出现无数"一夫当关，万夫莫开"的正义豪侠。

时间一如既往地流逝着，英雄不应被遗忘，而且应该站在时代的新起点，让更多立志从事公安刑侦工作的后来者去学习、去感悟、去传承。英雄的战斗精神和坚韧意志永不磨灭！

（本文由郑州市公安局政治部、档案馆提供素材，赵佳整理）

朱振忠　男，汉族，1932 年出生，籍贯：河南省荥阳市。1952 年 10 月参加公安工作，曾任公安特派员、预审员、副局长、郑州市公安局刑侦处处长。1986 年 9 月 29 日，因病医治无效逝世，终年 54 岁。

死亡线上的特殊战斗

是剑，就应剑锋所指所向披靡，绝不姑息；

是盾，就应矗立在危险的前沿，寸步不退。

一个人究竟有多大的能量，这是难以估计的。在生死一线、枪林弹雨的烈火锻造中，刑警的生命力和意志力更加顽强，他们要把生命融入打击犯罪的行动中，把思维定格在披星戴月的冒险中。既然当刑警，就必须把信念和忠诚牢牢记在心中，可以流血流泪，但从不后悔，因为我是刑警……

下面要讲述的这位刑警，是 20 世纪 80 年代郑州公安战线上的传奇人物，他叫朱振忠，担任过郑州市公安局刑侦处（九处）处长，是一名既有丰富侦查实战经验又有指挥组织才能的刑侦"老干探"。长期的奔波，罕见的艰辛，使多年身处刑侦工作第一线、置生死于度外的朱振忠病魔缠身，但在他的日程表上，从来找不到“休息”两字，他把全部精力无私奉献给他所热爱的刑侦事业。虽然朱振忠已告别战友和亲人二十九年之久，但他所做出的卓越贡献，将永久载入郑州公安史册。

时间追溯到1985年9月，这是一场特殊的战斗！这里没有风驰电掣的追捕，没有刺刀见红的搏斗，但这场战斗却关系着成千上万生命的安危，也是对刑侦民警的严峻挑战和考验。

案情是这样的：1985年9月16日，郑州上街区503厂金属研究所装有钴–60放射源的15个铅罐被盗，这不仅仅给国家造成3万多元的巨大经济损失，更重要的是一旦放射性元素流入社会，将会给上街区广大人民群众的生命安全造成严重威胁。按照国际放射线防护委员会的标准，一个人每天受放射性元素辐射不得超过1.6毫伦，在一个120毫伦的放射源下工作，任何人不得超过7分钟，否则会对身体造成不同程度的损害。按照科学理论，谁又能在短短的7分钟内侦破此案、抓获犯罪分子、查获被盗的放射性源体呢？

郑州市公安局接到报案后，主要领导认为此案件十分复杂棘手，立即指示九处：一要严格封锁消息，不能惊动当地群众，以免造成不必要的社会恐慌、骚乱；二是尽快侦破此案，找回被盗的15个放射源体。

朱振忠这时正患重感冒，他明知前往上街区破案势必对自己的身体产生损害，甚至造成不堪设想的后果，自己此时生病卧床有充分理由不去，安排手下带着技术员去就可以完成任务。可是，朱振忠没有这么想，他认为领导干部就要身先士卒，遇到恶战必须敢于冲锋在前。他毫不犹豫地带领技术员宋殿卿、谢劳力、王自修等同志向放射剂量高达120毫伦的案发现场进发！

天公不作美，侦破工作刚拉开序幕，天就下起了小雨。技术员宋殿卿看着朱振忠处长消瘦的面容、干裂的嘴唇，劝说道：“朱处长，您身体不好，年龄又大，现场环境对你很不利，不如回车里休息一下。”朱

振忠手打雨伞笑着说："没关系，'宁叫使死牛，不叫车回头'，这点儿危险算个啥。"同志们听到朱处长乐观风趣的回答，都轻松地笑了。

此时，雨越下越大，靠着探测仪器指引搜寻钴-60 放射源体的工作正在紧张进行着。朱振忠提醒参战同志要大胆谨慎，不能有丝毫的疏忽大意，要地毯式搜寻，不能留下任何死角。在案发现场中心区域，一个 7 分钟过去了，又一个 7 分钟过去了，朱振忠和战友们仍冒死顽强搜寻着。不一会儿，大家有的腰酸了，有的腿脚肿了，朱振忠也感到阵阵眩晕，不停地咳嗽。可在朱振忠的带领下，站在这死亡线上，没有一个人临阵退缩。

48 分钟过去了，朱振忠带领民警在现场陆续找到了 7 个钴-60 放射源体。为了确保上街区人民群众的安全和健康，朱振忠立即部署了以案发中心现场向四周扩散排查的命令。随即他不顾疲劳又向外搜去。夜幕降临了，搜寻仍在继续。当朱振忠搜寻到案发现场附近的羊肉烩面馆西侧胡同时，探测仪器又发出了报警信号，可地上找不到放射源体的金属壳。朱振忠推测，犯罪分子不了解钴-60 的放射性危害，可能将钴-60 放射源体遗落在地下，便安排技术员到饭店借来一把铁锹，用手电筒照着，一层一层开始挖。几秒钟后探测仪器上升到 100 毫伦，技术员和侦查员们细心挖开泥土，终于找到了一颗绿豆芽大小的放射源体。挖出这一个后，他们紧接着又在胡同口的菜地里寻找到两个。那么，另外几个放射源体又在何处呢?

与此同时，另一支侦查小分队根据掌握的线索，通过摸底排查，已将犯罪分子邢勇抓获，当即进行审讯。邢勇心惊肉跳，供述他只知道铅可以卖钱，发现上街区 503 厂金属研究所库房内有不少铅罐，每个重 30 多斤，所以伙同他人行窃，并把铅罐内"不明物质"随手扔掉，最后把盗窃的铅罐卖给了上街区二十里铺的李明。

获此线索后，朱振忠带领多名侦查员火速驱车到二十里铺村，刚进李明所住的胡同，探测仪器指针一下指向 90 毫伦，一走进李明家门口，探测仪指针迅速上升到 120 毫伦。毫无疑问，放射源体就在李明家。朱振忠一边带人搜寻源体，一边部署几组警力架网守候，抓捕收赃人李明。两小时后，李明在家门口束手就擒。剩下的几个放射源体也在李明家内找到。至此，被盗的 15 个钴-60 放射源体全部找到，参与盗窃的犯罪分子全部落网。从案发到破案，足足用了 30 小时。这 30 小时的经历，不见硝烟，不闻厮杀，但均是在死亡线上展开的殊死战斗，每分每秒都是勇气、体力和意志的无声较量。

深夜雨后的上街，万家灯火均已熄灭，人们都已进入了梦境，谁也不知道这里发生过惊天大案，谁也不知道有一群不要命的刑警为了百姓安危，连明彻夜冒死搜寻放射性源体，并最终全面告捷。朱振忠和参战的民警掩埋了自己沾有 20 毫伦放射源的鞋子,拖着疲惫的身体回到单位。大家都感到胸闷恶心，呼吸急促，朱振忠甚至连上楼的力气都没有了。可到了第二天,朱振忠又带领着侦查员们开赴新的“战场”。在那个技术、装备相对落后的年代，忠于职守、一心扑在工作上的朱振忠同志根本无暇顾及这次查找被盗放射源体给自己身体带来的不可逆的损害，一年后终因受到的严重辐射而去世。

但凡从战场上下来的人都知道，战争可以净化人的灵魂，而公安刑侦工作正是一场场特殊的战争，敢于在这特殊战争中不惧生死、永不言败的人，才是真正的勇士！

谨以此文纪念以朱振忠为代表的九处老前辈们！更追忆他们永不褪色的奋斗印记！敬礼！

（本文由朱振忠家属提供素材、赵佳整理）

张友军　男，汉族，中共党员，高中文化，1949年6月出生。籍贯：河南省南阳市。1968年9月参加工作，历任郑州市公安局九处侦查员、副处长、教导员、政委、副县级侦查员职务。2009年7月退休。

难忘峥嵘岁月

张友军

我是郑州市公安局刑侦支队一名退休干部，经历过“文革”的十年浩劫，在那个动荡的年代里加入了人民警察队伍，一干就是几十年。公安机关现在的办公条件和软硬件设施是我们那个时代的警察所不敢想象的，这证明了我们祖国确实发展强大了。但条件再好，警察的特殊使命没有变，警察忠诚奉献的职业精神更需要一代代人去传承和提炼。毛主席说过：“人是要有一点精神的。”现在的年轻警察同志乃至更年轻的“90后”，需要一种精神力量来支撑和激励，这种精神力量来源于长期的公安斗争实践，可以让同志们在一次次善与恶、正与邪、情与法的较量中，在一次次公与私、血与火、生与死的考验中勇往直前、战无不胜。下面，我就讲述一下自己“文革”期间的从警经历和那个时代的警察精神，与年轻同志分享、共勉。

1966年，正当国家开始执行第三个“五年计划”的时候，一场长达十年的“无产阶级文化大革命”爆发了。中央和地方的许多领导干部受到批斗，党政机关的工作普遍陷于瘫痪、半瘫痪状态。全国各级公安机关一律实行军事管制，大批军人浩浩荡荡开进公安机关，接管和行使警察权力，而大批公安干警被集中下放农村劳动改造，各项公安工作遭到严重破坏，队伍正规化建设陷入停滞与倒退。这就是当时的社会环境。

1968 年我返城后，因有高中学历，被分配到郑州市十八里河小李庄关帝庙村任小学教师，虽然当时教师的地位很低，不过还算稳定，生活比上不足比下有余。1970 年 12 月至 1971 年 2 月，“文革”已到中期，公安部召开了第十五次全国公安会议，党中央又肯定了中华人民共和国成立后公安机关的地位和贡献，公安工作出现了转机，一批原公安机关领导干部和业务骨干被陆续调回原岗位工作，这也给我加入公安队伍创造了机遇。12 月底的一天，我得到了郑州市招收警察的消息，内心按捺不住兴奋，便按照通知要求去填表、体检和政审。因为还算是“根红苗正”（当时招警看阶级成分，工人、贫农家庭成员优先），我很快便通过了审核，收到通知去郑州市公安机关军管委上班，地址在郑州市经七路 5 号。我拿着行李和介绍信报到后，被分配至军管委直属的刑警大队。当时刑警大队就 100 多人，分为三个中队：一中队是警通中队（像现在的警务综合部门），二中队负责刑事大要案，三中队负责社会面控制。当时刑警大队长叫刘福亚，他安排我这个毛头小伙到二中队工作。过了三天后，单位发了一身上绿下蓝的警察制服，配发一套全红领章，以及一顶解放帽，即便如此，穿上它我也可神气了。

20 世纪 70 年代初，郑州市市区面积很小，周边大部分还是农村，出了现在市区二环基本都是农田。当时社会治安比较好，基本上还是以阶级斗争为纲，很少发生譬如杀人、抢劫、强奸等重特大刑事案件，全市一个月也就发 10 余起案件，盗窃 1000 元就算是惊天大案了。若是按照现在人的眼光，那都算是些鸡鸣狗盗、不足挂齿的治安案件。那时没

有《中华人民共和国刑法》《中华人民共和国刑事诉讼法》《中华人民共和国人民警察法》等健全的法律法规，公安机关办案程序简单，案件不用移交检察院批捕、起诉和法院定罪。只要罪行属实、证据确凿，犯罪情节稍微严重的涉案犯罪分子很快就被执行死刑。一般案件用不着费多大工夫，嫌疑人就能主动交代问题，因为警察的威慑力十分强大，百姓的顺口溜很形象："人民警察一声吼，犯罪分子抖三抖。"这里需特别强调，"文革"时期警民关系很密切，民警经常和群众拉家常，不少群众主动向公安机关提供破案线索；如果民警在大街小巷追捕犯罪分子需要群众帮忙，只要喊一声，附近群众都会踊跃站出来协助民警制伏犯罪分子。这也说明"警力有限，民力无穷"，任何时候群众路线和群众工作都很重要。

"文革"时期公安机关的办公条件称得上是简陋，一些现在很普遍的通信设备、仪器都没有，唯一称得上电器的就是刑警大队值班室那部手摇式固定电话，号码是"4084"。这部电话称得上是现在"110"的前身，郑州市所有刑事类警情都要通过这部电话，不过每天打进来的报警电话确实不多。外出办案的机动车辆也十分有限，刑警大队有一辆破旧的"东风"牌正三轮警车（一个人前面开，后面有个斗，斗里可以挤着乘坐四个人，就这还需面对面坐的人腿互相交叉、腿碰着腿），还有两辆"幸福"牌250摩托车、一辆"长江"牌750"偏三轮"摩托车，如果放在今天，均可称得上是"破烂"，但当时算是刑警大队全部值钱的家当了。我们民警配发的手枪也是杂牌汇集，51式、52式、54式在当时都是好枪，基本上配发给大队领导和老侦查员，而我算是年轻同志，配了一把旧驳壳枪，俗称"三八盒子炮"，就像电影《平原游击队》李向阳用过的那种，枪又大又沉，枪管还很长，夏天带着十分不方便。

1971年我的月工资是31.5元，第二年转正后涨到32.5元。单位虽然也有公共食堂，但不管饭，同志们早中晚三餐均需自费。馒头、咸菜和稀饭是早餐、晚餐的标配，一顿也就8分钱，午餐有一两个炒素菜，每份菜需要 5 分钱。像我这样的年轻壮小伙，每天都吃不饱，但也要紧巴点儿吃，每个月省个 5 元、10 元贴补家用。过了几年食堂条件好了，中午有 2 角、3 角钱一份的肉菜，以当时的工资水平，也不是谁想吃就随便吃的。当时有个同事叫史焕章，他饭量挺大，天天三顿饭吃馒头咸菜，周末买一份肉菜开开荤，就这还需向家人要些钱和粮票贴补。如果遇到大案件，开车或骑摩托可烧不起油，我们基本上要骑自行车到几十千米外的郊区开展走访排查。市区街面上没有几家饭店，更不要提郊区和乡镇了。侦查员都是吃住在村里生产队，一天自费交给生产队一斤粮票 4 角钱，生产队队长"派饭"，就是把我们侦查员分派到各村农民家里吃饭，经常吃的是小高粱面蒸的馒头，喝一碗蒸馒头锅里的热水，哪天吃一次蒸红薯，就算是改善生活了。可见当时刑警的生活水平是很差的，即便如此，同志们在艰苦条件下工作的积极性也十分高涨，那种苦中作乐的感觉是现在年轻人体会不到的。

1974 年腊月某天，郑州市二七区沟赵村生产队年终给村民分红的一万多元现金被盗，这可是一个村的老百姓过年的血汗钱！市公安局刑警大队高度重视，由大队长亲自带领 20 多名侦查员驻村成立专案组，开展不间断调查工作。经过现场走访和技术勘查确认，被盗现场在该村生产队会计办公室，案发当晚办公室内有两名办事员值班看守，犯罪嫌疑人应该是凌晨悄悄潜入办公室，趁两名办事员熟睡时，偷偷将其中一名办事员身上的钥匙取下，打开了屋内的铁皮柜，将存放在内的一万多元现金窃走。技术人员在办公室桌子上还刷粉提取到一枚右拇指指纹。通过综合分析可以初步确定，犯罪嫌疑人熟悉环境，而且知道会计办公室当晚存放着大量现金，应该是本村熟人作案。

按照这个侦查思路，专案组制定了工作方案：一是将侦查员分成多个排查小组，在生产队队长等人带领下挨家挨户走访，特别针对有前科劣迹的人员要重点询问和入户搜查；二是广泛发动群众，每天不定时召

开全村村民大会，开展思想教育和动员，鼓励村民积极揭发；三是大批量采集村民的指纹，与案发现场提取的那枚指纹进行比对。

就这样，我们20多名侦查员白天入村工作，晚上就集体住在沟赵村小学一间破旧的教室里。说是间教室，可窗户玻璃基本都是破的，很多是用纸糊上的，冬天寒风劲吹。村里的老乡为侦查员找来了干稻草和破褥子，我们每个侦查员自带一床被子，20几个人晚上就睡在稻草垫的大通铺上，冻得均要把棉衣棉裤搭在被子上保暖。后来冷得实在受不了，我们索性就在教室里生了柴火，虽然暖和了些，但烧柴味道熏得要蒙着头睡。我还记得，农历大年二十九那夜，外面下着鹅毛大雪，教室窗户上糊的纸也被吹开了，雪花顺着窗户就往屋里灌，被子上落了一层雪花，可劳累了一天的同志们没有抱怨的。

眼看时间一天天过去，生产队盗窃案仍没有任何线索，但我们却带破了该村好几起其他案件，同志们压力很大，加紧了排查和取指纹的工作。大年三十和新年初一、初二、初三，专案组同志均在坚守阵地，谁也没有偷偷溜回家过年。大年初四上午，单位值班室轮到我值班，我一大早便匆匆骑自行车从沟赵村返回单位，顺便带着昨天采集的一批村民指纹交给老技术员王自修。王自修也在单位比对了好多天指纹（那时可没有电脑和指纹比对软件，全靠人眼比对），看着他布满血丝的双眼，我还寒暄着，劝他注意休息。下午3时许，王自修兴奋地跑到值班室找我，称刚刚从我送检的指纹中比上一枚，与案发现场提取的一致。这可是关键性破案线索，我火速拿起值班室的摩托车钥匙，带着王自修就往沟赵村赶去。

到了沟赵村，我按照采集村民指纹的登记信息，找到了该村一名姓李的村民，当该人看到警察再次找上门时，十分恐慌。我拔出手枪警戒震慑他，让技术员王自修现场再次提取他的指纹比对。5分钟过去了，王自修长舒了一口气，对我说："就是他，如果我看错，就把眼睛抠出来。”我掏出手铐便把这名姓李的村民铐上，大声呵斥道："认不认罪？！”他一屁股瘫坐到地上说："我认罪，请政府饶了我吧。”我就地突审，该人供述他是和本村另外一名村民一起作的案。随后，我们又将另一名犯罪嫌疑人抓获（为什么这两人结伙盗窃巨额财物后不逃跑呢？这与当时社会环境有关，因为一个人去外地没有全国粮票和组织介绍信，可以说寸步难行，吃、住都是大问题，真逃出去拿钱也买不了东西，和要饭的差不多）。两名犯罪嫌疑人落网后，经讯问交代将钱埋到了村头麦地里。我们几个侦查员押着二人去提取赃款。村民得知犯罪嫌疑人被抓着了，上百人都跟着围观看热闹，场面十分壮观。当一万多元巨款重见天日时，我们如释重负，将其完璧归赵。当天，全村老少纷纷拉着侦查员去家里吃饭，我们真感觉自己像英雄一般。破案后，大队长很高兴，带着快20天没洗过澡的侦查员们，托关系找到一个工厂的锅炉房，让同志们舒舒服服洗了一次热水澡，这也算是领导春节送给大家的“福利”了。没过多久，两名盗窃的犯罪分子被执行了死刑。

该案是我“文革”时期参与侦破的众多大案件之一，侦破经过也算不上有多离奇曲折。但在那个落后的年代，公安机关的技术装备和后勤生活条件太差了，侦查员均是靠着顽强的意志和奉献精神在咬牙坚持工作，不管能力水平高低，心里面全想着如何破案，从没有任何私心杂念。如果让现在的年轻同志在数九寒冬里骑着自行车跑几十千米办案件，天天吃着馒头咸菜，晚上睡草垫通铺，半个月不洗澡……能有多少人不发牢骚，又有多少人能坚持下来呢？刑警的苦是常人所看不到的，但刑警破案后的喜悦感和成就感，才是生命中的最高荣誉和价值所在。

（本文由张友军口述、赵佳整理）

马会强　男，回族，中共党员，大学文化，1963年2月出生。籍贯：河北省保定市。1984年7月参加公安工作，历任郑州市公安局金水分局民警、副所长、副大队长、教导员、大队长，刑侦支队副支队长，中牟县公安局政委，登封市公安局局长职务，现任郑州市公安局犯罪侦查局局长，三级警监警衔。

生死瞬间

马会强

生命对每个人来说都只有一次，一旦失去了就不可挽回。衡量一个人的生命价值，往往并不在于寿命的长短或财富的多少，而在于对国家的忠诚、对社会的奉献、对正义的坚守。作为一名刑警，在身陷险境与悍匪持枪对峙的紧要关头，在面对冰冷枪口威胁生命的生死瞬间，往往毅然选择置生死于度外。越是险象环生，越是冲锋较量，这就是刑警本色！

我是一名有着三十一年警龄的老公安，从警以来整日忙于工作，很少有闲暇坐下来认真回忆、梳理一下自己的刑警经历，那些亲身参与的、很多在全国有影响的刑事大案要案，其侦破过程的艰辛、立功受奖的风光渐渐湮灭在流逝的时光中。近日整理自己的办公桌抽屉，不经意间看到角落里一枚尘封许久的三等功奖章，我拿起来端详，沉思良久，才发现这曾是我参加公安工作后立的第一个三等功，而这枚奖章背后的故事，至今让我铭心刻骨、难以忘怀。拂去时间的浮尘，思绪又回到23年前那场惊心动魄的生死较量……

1992年，当时我二十九岁，任郑州市公安局金水分局大石桥派出所副所长，负责所里刑侦工作，好像是金水分局当时最年轻的中层领导，正值血气方刚、争强好胜的年龄。我每天起早贪黑地带领民警和治安员破案抓人，不是在大石桥路口盘查行人，就是在金水河堤蹲坑守候，基本上每天都有收获。为了办一起案件，我和同志们几天几夜不休息都是常事，虽然说苦点儿累点儿，但也乐在其中，工作也干得有声有色。我们派出所所小人少，管辖面积不大，但每次战役评比都在分局名列前茅，所里主要领导和同志们对我也非常器重和赞许，这更激励我拼命干活。

20世纪90年代，我国正处于改革开放和现代化建设转型阶段，法制还不够健全，各种社会矛盾凸显，刑事犯罪频发，社会治安形势相当严峻。按照公安部统一部署，全国各级公安机关指战员枕戈待旦，持续开展“严打”斗争，严厉打击严重暴力犯罪。当时，一线公安民警的工作异常繁忙，警种也没有现在分得这么细，啥活都干，三天一小查、一周一大查，民警们基本上每天都是吃住在单位。工作条件也十分艰苦，没有手机、数码相机、电脑网络、查询系统等便利条件，甚至连个相互联络的寻呼机都不多见，“联系基本靠喊，办案基本靠走”是真实写照。我还不错，因为是副所长，组织给我分了一辆破到没法再破的军绿色老式北京吉普。我现在还记得车牌是豫A05909，右后角篷布塌陷着，车头与车尾均被撞过，车身锈迹斑斑。就是这辆破车陪伴我在派出所工作了近三年，每天有空我都把车擦洗得很干净，开着这辆车外出办案心里别提多有劲、多自豪了。这辆号称“全郑州最破的汽车”，那时候郑州市区的交警都知道是“大石桥派出所马所长开的”，回想起来，大家还真是有着一股子革命乐观主义精神。

那个时代，户籍管理十分严格，社会人员流动相对封闭。鉴于这种情况，当时刑侦工作遵循的是“依靠群众，抓住战机，积极侦查，及时破案”这16字方针。可以说，群众路线是公安工作的生命线，不管犯罪分子活动多么隐蔽、手段多么狡猾，都不可能避开广大群众的耳目，专门向警方提供线索的治安积极分子也就应运而生。那个年代，不管大案小案，破案线索的主要来源渠道就是群众反映。

当时，我工作的大石桥派出所位于郑州市金水路与沙口路交叉口东北三角地带，陇海铁路桥就挨着派出所，我的办公室兼住室离陇海铁路上行线直线距离不到15米，每天有无数列火车从上空呼啸而过。刚来这里上班时，夜晚我总被火车汽笛声吵得睡不成觉，时间久了，这种特殊的声音反而成为我睡前的“安眠曲”，后来到金水分局机关工作后，一段时间内反倒是不习惯了。

这些都是那场突如其来的“遭遇战”的大背景。

那是1992年初秋的一天上午，晴空万里，秋高气爽。这么好的天气，我与派出所的张建民、吴国庆等几位同志不约而同地走出办公室，站在派出所院里闲聊前几日侦办的一起案件的经过，时而还掏出腰间的54式手枪比画（那个时候，民警配枪都是自己保管，24小时带在身上）。我们正聊得起劲，突然见到派出所西侧一废品收购站的治安积极分子“老景”火急火燎地跑过来，称刚刚有一个30多岁的可疑男子，像是“盲流”，推着一辆自行车到废品收购站要卖，贼眉鼠眼不像是好人。这家伙身高约1.76米，中长发，皮肤黑黄，体态较瘦，身穿灰色上衣，说话是外地口音。“既然这男子这么可疑，赶快找到突审一下，说不定抓个小偷又完成一个严打任务。”这是我脑海中的第一反应。“现在人在哪？”我追问“老景”。“还在收购站等着要钱呢！”老景回答道。

因为废品收购站离派出所不远，问清可疑男子详细情况后，我与同事吴国庆急忙各自抓起一辆自行车骑上就冲出了派出所大院，朝着废品收购站飞奔而去。

当我俩骑车赶到废品收购站时，可疑男子已没有了踪影，估计是感觉到会出事溜了，准备卖的自行车还撂倒在地上。根据现场路径判断，我与吴国庆又顺着沙口路向北追击。大约骑了500多米，快到郑州市面粉厂大门口时，我看到路西左前方30米处有一个身穿灰色夹克的男子急匆匆低着头顺着路边向北走着。根据经验判断,该人很可能就是“老景”反映的可疑男子。我用眼神瞥了身旁的国庆一眼，说：“我到他前面拦停他，你在后面堵着，别让这小子跑了。”随后，我猛蹬脚踏板，骑着自行车如离弦之箭一般，飞快地冲到可疑男子前面，猛拐弯、急刹车将他截停。说时迟那时快，还没等我下车站稳，只见该可疑男子迅速从裤兜里掏出一把左轮手枪，冷冰冰的枪口瞬间就对着我的眉心。刹那间，我大脑一片空白，心跳骤然加速，本能地从腰间拔出手枪也对准了这个持枪嫌犯的前额。这样的场景也许只有电影中才有，此刻，我却真实地与一名悍匪如此近距离地持枪对峙，不论是先发制人还是后发制人，自己与对方的生死仅一念之差。

面对对方的枪口，我的神经已紧张到极点，心脏猛烈地跳动，豆大的汗珠从额头上滚落，空气好似凝固一般令人窒息。“我是警察，把枪放下,不然我开枪了。”我稳住神用力喊道。他不为所动,也对我大喊：“你先放下！”他两眼通红，嘴角抽搐，依然举枪对着我。“妈的，不想活了！把枪放下，快放下，再不放下我开枪了！”我再次疯狂地怒吼着，用眼神恶狠狠地盯着该男子的眼睛。这可能是我的最后警告，下一秒也许是我，也许是他，可能就……时间一秒一秒过去，我和犯罪嫌疑人就这样面对面举枪僵持着，可精神和意志的无声较量已达到极点。过了半分钟左右，犯罪嫌疑人紧绷的神经彻底崩溃了，他举枪的胳膊突然猛烈颤抖起来，好像举着的左轮手枪突然变得沉重了许多，把胳膊压了下去似的，手一松，枪掉在地下，双腿哆嗦蹲了下去。

见到这个情况，我以迅雷不及掩耳之势将他扑倒，站在一旁快看傻了的同事也压过来牢牢控制住犯罪嫌疑人的双手，将其上铐控制起来。随后，我捡起犯罪嫌疑人掉在地上的左轮手枪定睛一看，子弹满发，枪已上膛，食指一动即可击发。而我掏出的54式手枪，因为太仓促保险还未打开，子弹压根就没上膛。如果真打起来，后果不堪设想！从那以后的很长一段时间内，每每想起此事，我就感到后背发凉，头上冒虚汗。

事后，有同事问我被枪指着头时是咋想的。说实话，我当时脑子一片空白，精神高度紧张，根本没有机会想别的，没有想到谁会先开枪，更没有想到正义与邪恶的较量谁会赢。但有一点我坚信，那就是刑警的浩然正气支撑着我在面临危险、面对生命的威胁时绝不可能有半点退缩。

后经突审查明，持枪悍匪叫孙连成，天津人，在河北石家庄市抢劫一家银行，开枪打伤一名保安后逃窜到郑州躲藏，刚盗窃了一辆自行车准备到废品收购站销赃换俩钱花，还未出手便被擒获。因成功协破外地市一起重特大刑事案件，我被上级公安机关授予从警以来的第一个三等功。

时间和思绪又回到现在，干了这么多年警察，可以说身经百战，屡破重案，所收获的奖章与证书能摆满书柜，唯独这一枚三等功奖章对我有重要的意义，因为它记载着我与悍匪持枪对峙的生死一刻，代表着成为一名优秀刑警的难得经历，同时也是警察职业生涯中让我铭记一生的经典瞬间。任凭时光荏苒，岁月如梭，我仍本色未变！

王志刚 男，汉族，中共党员，大学文化，1964年1月出生。籍贯：河南省西平县。1984年7月参加公安工作，历任郑州市公安局办公室综合科副科长、刑侦支队办公室主任、二大队大队长、政治处主任职务，现任郑州市公安局犯罪侦查局副局长，一级警督警衔。

角色的担当

王志刚

人生如戏，弹指一挥间，我已走到了从警的第三十一个年头。面对纷繁复杂且充满挑战的公安工作，我始终穿梭于不同的“舞台”，在郑州公安不同部门、不同集体、不同岗位中担当不同的“角色”，兢兢业业履行好自己的工作职责，坚守着入警时的誓言，追求着人生的卓越，捍卫着警队的荣光。一步步走来，我终于明白了这身警服不是那么好穿的，外人看警服，看到的是威严、权力、安全；而我自身，体会更多的是担当、责任、奉献。人生已知天命，回首走过的从警之路，虽然有坎坷、艰难和辛酸，但无论如何，那些曾经挥洒的汗水和泪水，那些曾经的喜悦和遗憾，那些奋斗过程中的磨砺和挫折，终将一一汇聚成光荣感、自豪感和使命感，激励我充满斗志、践行属于我们这代人的历史角色。

生命的新陈代谢是谁也违背不了的自然规律，但精神的传承是我们追求和期望的最高境界。作为一名老警察，只要我们这代人为了郑州公安事业执着追求过，尽力拼搏过，辛勤耕耘过，真切感悟过，我们的人生就是幸福和圆满的。真要提起笔来写自己的从警历程，思绪万千不知从何谈起，作为共勉，我就与同志们分享一下我人生职业角色转换的点滴和从不同的角色中感悟到的担当的意义。

最值得历练的角色

1984 年 7 月，我从郑州市人民警察学校毕业，怀揣着对公安工作的理想和抱负，被分配到郑州市公安局办公室宣传科（现宣传科改为市局政治部宣传处）工作。初出茅庐的我本以为可以配上手枪、风光地参与侦查办案，却开始从事政工宣传和理论研究工作。既来之，则安之。我迅速转变角色，虚心向前辈学习、向书本学习、向实践学习，多听、多看、多问，不断汲取新的业务知识，积极参与组织宣传活动，增强自己的工作实践阅历。就是这八年的学习和锻炼，使我思维缜密、办事沉稳、协调有力，深深地将政治思想和公安宣传印刻在自己脑海中。但最使我得到历练的还是市公安局办公室文秘工作。

1990 年 10 月，组织上任命我为市公安局办公室（现市公安局秘书处）综合科副科长。如果说一线侦查破案的警察是拿枪干活，那从事办公室文秘工作的警察就是提笔干活。这是一个既重要又繁忙的岗位，必须具有较强的文字写作能力和综合协调能力。虽然我也从事了六年的公安宣传工作，但是“笔杆子”的能力并不是太突出，以往那点儿文字功底很快就不够用了，刚来办公室撰写的各类材料没有入领导“法眼”的。工作岗位换了，自己的角色也需尽快转变，我坚信“别人能写好，我也一定行”。此后，我注重在写作能力上下功夫，坚持每天早上提前到办公室，读报纸、杂志，拜读“高手”写的文章，收集写作范文反复研读，归纳写作技巧和方式，遇到好的段落就马上记下来，日积月累整整做了几十本摘抄笔记。通过这些精美的文句，我获得了灵感，汲取了营养，做到了融会贯通。尽管当时我写作经验少，但我敢于尝试，遇到不懂的问题就虚心向老同志请教。无数个漫漫长夜，我把自己关在办公室奋笔疾书；多少次通宵达旦，我绞尽脑汁构思、修改工作方案。时间，会在每个人的身上刻下努力的痕迹。通过不懈的摸索、积累和实践，我克服了写作上的“拦路虎”，从一个文秘写作方面的非专业人员，练就成站着能讲的“宣传员”、坐着能写的“笔杆子”，工作能力和成绩得到了领导和同事的认可。

最值得骄傲的角色

当了一辈子警察，如果没干过刑事侦查，没亲手抓捕、审讯过犯罪嫌疑人，那也是一种莫大的遗憾，好在我幸运地经历过这个角色。1998年前后，郑州市连续发生多起抢劫银行等严重暴力案件，市公安局陆续成立了多个专案组开展侦破工作，我有幸被抽调到各大专案组负责案件材料搜集和内部协调工作。也就是在专案组工作期间，我人生中第一次近距离接触到刑事案件，见识到什么是侦查破案，感受到什么是真正的警察。在多个专案组紧张且忙碌的工作环境中，我渐渐对刑警的工作和生活充满无限憧憬。因在专案组表现出色，2000 年 3 月，我被组织委任为郑州市公安局刑侦支队办公室（现犯罪侦查局警务综合处）主任，真正进入刑侦部门工作。随后，我又陆续担任了刑侦支队四大队（现秘密侦查支队）和二大队（现侵财犯罪侦查支队）大队长，与刑警战友们一起生活，一起战斗，一起拼搏。

刑侦支队是一支有着光荣传统的尖刀队伍，肩负着全市打击重特大刑事犯罪的职责，同时，也是市公安局最苦最累的业务部门之一，干过的一定深知其中的酸甜苦辣。在机关从事多年文秘工作的我，再一次需要转变职业角色。作为刑侦支队的中层干部，更是战友兄弟中的老大哥，我必须尽快提高业务水平，带领同志们把工作干好。说起来容易做起来

难，侦查破案需要真刀真枪真本事，从来没有一线侦查办案的我总不能纸上谈兵，有一段时间真是体会到“绝知此事要躬行”的真谛。

难道就这样放弃？辗转反侧思索了许久，从不服输的我再一次选择了担当。刑侦工作节奏飞快，侦查破案更像是抽丝剥茧，我必须全力以赴。特别是在二大队担任大队长期间，我带领战友们一起现场勘查、走访摸底、分析案件、汇总线索、串并分析。发现线索时，我以身作则带领同志们出差、蹲守、抓捕、审讯，在侦查实战中积累经验；深夜时分，我常独自坐在办公室审阅以往办结的各种案件的卷宗和破案报告，学习如何审讯深挖、如何搜集固定证据证言；我经常向队里的邢卫中、潘国喜、杨军、马志胜等骨干学习交流办案技巧。此外，我还购买、借阅了大量涉及刑事侦查和指挥艺术的书籍，利用业余时间刻苦钻研。就是这样边实践边学习，我尝遍了侦查破案中的艰辛，体会了长途跋涉抓捕中的寂寞，更感悟到“刑警”二字中蕴含的沉甸甸的责任。

日月如梭，我通过不断地参与案件侦办，个人业务能力和指挥水平得到很大提升。在任四大队和二大队大队长期间，我和同志们众志成城、克难攻坚，先后侦破公安部、省公安厅、市公安局挂牌督办的多起重特大刑事案件，郑州刑侦基础业务工作和打击侵财犯罪工作考核成绩始终位于全省前列。两个部门先后有三名同志荣立个人一等功，一名同志荣立个人三等功，六名同志荣立个人三等功，四名同志荣获全省公安机关“中原卫士”称号。2007 年我被评为郑州市十大“绿城卫士”。荣誉来之不易，每当大案要案告破时，群众送来感谢锦旗，领导投来肯定目光，都是我最为开心的时刻，因为我证明了担当这个角色的价值。

回首往事，展望明朝，有汗水，才是青春，有磨砺，才有锋芒！在郑州公安这个大舞台上，每个部门、每个岗位、每个民警都是非常重要的，只存在岗位不同、定位不同、专业不同，而不存在“主角”和“配角”之分。能在自己的岗位上发挥才智，付出辛劳，把最平凡、最简单的事情干好，那就是最不平凡的成功。

信仰在传承，事业在延续，郑州的警察故事还将不断丰富，而我所经历的点点滴滴、内心的警察情结，寥寥数语无法完全表达。我坚信，无论岁月怎样流逝，无论环境如何变化，都抹不去我作为一名警察的忠诚本色。在前行的征途上，我将永远葆有从警的初心、怀抱奋斗的信心、肩负责任的决心，踏着铿锵的脚步，谱写属于这个时代的警察之歌！

邢卫中　男，汉族，中共党员，大专文化，1964年8月出生。籍贯：河南省南阳市。1984年7月参加公安工作。历任郑州市公安局刑侦支队中队长、副大队长职务，现任郑州市公安局犯罪侦查局三支队支队长，二级警督警衔。

往事琐忆

邢卫中

加入警队以来，每个成员都有一些琐碎的记忆，这些记忆虽然琐碎，却让人终生难忘。

我是1984年参加公安工作的，从郑州警校毕业后被分配到郑州市公安局九处，九处是现在犯罪侦查局的前身，我在大案科工作。当时，全九处也就值班室有两部电话，值班室设在院子中间的一个两层小楼的一楼，所有的接处警及与外界联系全靠这两部电话完成。那时我们出差，在外地向领导汇报工作都是到邮电局取号排队打长途电话，排到后，邮电局大喇叭让几号到某某号电话亭通话；电话由邮电局负责接通，电话接到值班室后，值班的同志叫领导到值班室接电话，如果要找的领导不在，通话无法完成，邮电局不收费。这种通信联络方式虽然落后，但回想起来却非常惬意，不像现在，身后总拴“一根绳”——手机，更“可恨”的是通信运营商的信号全覆盖，想找一个偷懒的理由都没有！

交通工具同样落后，出差全靠长途公共交通工具，任何人都无权让国营的长途汽车提前或推迟一分钟发车。虽然节奏极慢，但无形中却带来无穷的乐趣。那时出差都非常隆重——准备洗漱用品、托关系买火车票，尤其不能少的程序是上火车之前买上一只烧鸡、带上几瓶白酒……

一个冬天的下午，值班室电话突然响起，有群众报警称在金水区大孟寨村的一个机井房中发现一具男尸。我跟随老同志一起骑自行车赶往现场。

当时全九处就两部汽车，一部现场车，应付郊县出现场；另一部是用北京吉普发动机和伏尔加汽车外壳拼凑出来的轿车，供领导和出现场的同志乘坐使用。市内调查案件、出现场几乎全部骑自行车，每个月工资中含有自行车补助，单位也配有公用自行车，但仅有的几辆自行车比现在的汽车还贵重，配有专人负责。

到达现场后，我们侦查上的同志迅速自觉散开，围绕现场展开调查访问。访问之余，我也第一次近距离接触到尸体解剖，看到法医在尸体上东一刀西一刀划来划去，身上的鸡皮疙瘩顿时冒了出来……

为查清死者身份，按照专案组指令，我和金水分局的几个同志乘火车到青岛开展工作。金水分局当时有一辆破北京吉普汽车，两个老同志为了工作方便，更多的是为了锻炼车技，冒着大雪，开了两天硬是把这部破汽车开到了青岛。当时，开汽车是个让人非常羡慕的事，一般汽车都配有专职司机，绝大部分民警都没有驾照，更不可能摸到方向盘。但到青岛后，问题出现了——汽车冷却水一直高温，老同志怀疑缺机油，但不知道机油标尺在哪里，更不知道从什么地方加机油，又不好意思去问，就让我们年轻人去四处打听。要知道，当时能找到一个会开车的人还真难……

经过几天的工作，我们终于确定了死者的身份。那时人员流动性不大，大家基本上都在家，谁家有人走失，都会到当地公安部门报案。公

安部门印发协查通报，利用机要通信系统邮寄到全国各地公安机关。到青岛后，我记得很清楚，由一个姓杨的老同志配合我们工作，老杨当时五十岁，身体非常好。当时我觉得五十岁的年龄不亚于现在听说谁八十岁还在工作，而自己现在也五十多岁了……

破北京吉普车冷却水一直高温不断，只得“趴窝”。老杨为我们借了自行车，骑自行车配合我们调查取证。在路上，他那迎风飘起的棉帽护耳和被寒风刮得红红的脸庞，仿佛定格一样。

转眼间几十年过去了，回想起来还历历在目，尽管这个案件和我从警以来参加侦破的许多案件不能相提并论，但却令我终生难忘。

耿冠军 男，汉族，中共党员，大专文化，1964 年 9 月生。籍贯：河南省新密市。1984 年 7 月参加工作，历任新密市公安局内保股副股长、指导员职务，现任新密市公安局经侦大队副大队长，二级警督警衔。

风雪追逃路

耿冠军　魏锦池

想起 20 多年前那次安徽追捕负案逃犯的事，当时的情景就会像放电影似的，一幕一幕地在我脑海里映现出来。

那是 20 世纪 90 年代初，我们新密市还没有撤县建市，就叫密县。县公安局设有内保股，凡是县办企业等内部单位发生的刑事案件，均以内保股为主进行侦破。我和李华铭那时候就在内保股，现在李华铭已经被调到郑州市安监局工作了。

1991 年 2 月 23 日，县办杨家洼煤矿保卫科报告：该矿东井价值 1.8 万余元的 200 千伏安变压器被整体推倒、砸毁，里面铜芯被盗走。经勘查现场和摸底排查，局里认定为外地人作案。当月 27 日，来集乡东于沟村郭志山个体煤矿上的油井钢皮电缆被盗 90 多米。虽然这个煤矿不属于内部单位，但案情相似，两个矿相隔也不远。所以，侦查工作都由我们内保股来做了，专业术语叫“串案侦查”。

当天晚上，我和李华铭顺着现场留下的足迹，找到了东于沟村煤矿外地工人宿舍，在屋内发现有剥过皮的铝线头，还有斧头和钳子，并得知此处居住的是安徽省霍邱县宋店乡的李广起、王中林、王中华等人。调查讯问中王中华供认：同乡李广起、李广友、李爱辰、陈福全等人是从外边弄回来过电缆，自己只是帮他们剥过电缆皮。但是，李广友、李爱辰和陈福全等人已经逃回原籍，王中林后来也趁机逃走，只抓到了没来得及逃走的李广起和为他们掩盖罪行的杨维付。3 月 1 日 0 时许，派往郑州和新郑火车站、汽车站等地堵截的民警们空手而归。经过对已归案疑犯审讯，查明他们先后作案 10 余起，都是盗窃、毁坏煤矿变压器，案值近 20 万元。由于这是一个作案团伙，团伙成员之间相互交叉，必须将漏网成员追捕归案。不知不觉间，整整一年过去了，追捕该团伙漏网成员的事情提上了议事日程。

1992 年 2 月下旬，我们内保股的股长马金圈组织突审在押嫌疑人之后，决定派我和李华铭带领杨家洼煤矿保卫科科长张文义等人组成追捕小分队，直接去安徽省霍邱县追捕。3 月 1 日下午 6 时许，我们“追捕小分队”办齐一切法律手续，坐上杨家洼煤矿安排的“北京”吉普，顺着 107 国道，开始了艰难的追捕旅程。

这时候，纷纷扬扬的大雪已经下了一天一夜，仍无丝毫要停下来的意思。霍邱县位于淮河南岸，东有“城东湖”，西有“城西湖”，边沿紧靠城东湖的源头“水汲河”，河边就是纵横交错的稻田，供人行走的也只是田埂小道。这里的路不像北方，只要不下雨，就会干绷绷的，而是经常湿漉漉的。如果碰上雨雪天气，就更泥泞了。

我们在霍邱县公安局签换了手续后，就全面展开了追捕行动。3 月 4 日晚上，我们按照预定方案，陆续把王中林、李爱辰等人抓获，下一个目标就是李广友了。此时，已是次日凌晨 2 时许，雪花变成了雨夹雪，四周看不见一丝灯光，就连模模糊糊树影村庄之类的轮廓也看不到。

大家分组行动，我和李华铭一组。我们走到一道 4 米多深的排洪沟边时，前边没有了路径。我们就先下到沟底，试图从沟沿爬上去，可爬到半途又滑了下来。我先把华铭推上去，华铭再趴在地上把我拉上来。这一来，我们俩就迷失了方向，也和其他组失去了联系。要是现在多好，打手机联系一下啥都有了。

我俩走到一个坑塘边时，双腿疲乏，嗓子冒火。脚下一滑，“啪唧”，两人同时摔倒。我们干脆躺在地上，抓起白雪吃了起来，任凭雨雪往脖子里钻。我俩躺了一会儿，感到有了点儿力气。可我们爬起来一看，却“洋鬼子看戏——傻了眼”，原来前边根本没有路。我们转换了几个角度，把坑塘仔细看了一遍，里边只有泛起点点青光的小水汪，便决定横穿过去。

我在前边，华铭在后边。我刚踏进一只脚，一下子就陷了进去，慌乱中另一条腿赶紧跟上，结果也陷了进去。我们这才明白踏进了沼泽地。华铭又花了很大力气，才把我拉上来。这样三折腾两折腾，刚刚恢复的体力又减去了大半。我俩又坐在地上，吃雪，喘息。

这时候，灰蒙蒙的夜空，风还在吼，雪还在下。我说：“华铭，光听说过红军过草地时，一不小心就陷进去出不来了。草地是不是这个样子呢？”“可能是吧。”华铭说，“也可能还要深些。”四周还是白茫茫的一片。除了我们两个说话之外，就是风声和雨雪落地发出的沙沙声。

我们休息了一会儿，觉得有了力气了，就站起来，相互搀扶着，又开始往前走。走一步，试一步，终于小心翼翼地跨过了沼泽。我们走啊，走啊，不知摔了多少跤，不知吃了多少雪，摸一下衣服，全是泥水儿，没有泥水的地方是硬硬的冰。当时那种窘态，如果有第三个人站在我们面前，光看相貌不听声音，绝对辨不出谁是谁。

这时候，我们蓦然听到了隐隐约约的说话声。就赶紧停下不走了，用手撑在耳郭边一听，不错，确实是有人说话。若非体力不支，三十大

儿的汉子真会跳起来。

我们循着人声，踉踉跄跄紧走一阵，果然发现黑乎乎一片，说话声也越来越清晰，确定就是人。我立即掏出手电，按照约定暗号晃了几下，对方也用手电晃了几下。我们一阵高兴，可找到同伴了。及至走到跟前，才发现不是同伴。对方叽里咕噜说了半天，我们才听明白是一群刚喝过酒的农民。看到我们这两个泥里吧唧的“怪物”，他们以为是从哪里跑出来的越狱犯，硬是不让走。我只好讲明了身份，说：“我们是公安局执行任务的。请你们不要阻拦。”说话间，对方一人又用手电照了一下，大概是看到了我们大檐帽上的国徽，便对另几个人说：“他们穿着制服，真是公安局的。大家走吧！”“等一等。”我把一个农民拉到一边，问道：“这里是什么地方？”那人说：“陆一村。”

嗨——，闹了半天，“陆一村”就在眼前，找的正是这个“陆一村”，我们竟在村外野地里折腾了半夜。事后得知，走在另一条道上的人也迷了路，张文义曾昏倒在路途上，他们在冰天雪地里走了足有 40 千米。

我们又问清了通往李广友家的路径，抖起精神向李家冲去。可是，找到李家一问，李广友根本没有回家，却得知李广友有个姐姐，家在 20 千米之外。于是，我跟华铭商量后，就让李广友家里人领着，往其姐家扑去。

又是 20 多千米泥泞难走的田间小道……

此时，李广友正在姐姐家暗自庆幸躲过了公安机关的追捕，当他被叫醒看到站在面前的我和李华铭时，惊愕得张大嘴巴，说不出一句话来。

这时候，风停了，雨也住了。我们追捕小分队把一干犯罪嫌疑人全部抓获带到霍邱县宋店乡政府时，已经是 3 月 5 日早上 6 时了。

（本文由耿冠军口述、魏锦池整理）

高喜峰 男，汉族，中共党员，大学文化，1973 年 10 月出生。籍贯：河南省封丘县。1997 年 10 月参加公安工作。现任郑州市公安局犯罪侦查局五支队政委，二级警督警衔。

中年勿忘少年志

高喜峰

往事如歌。二十年前，在我中学的校园里到处都有茂盛的白杨树，树荫遮蔽着靠窗的讲桌，空中时常回荡着热播的电视剧《便衣警察》的主题歌《少年壮志不言愁》……少年的我志向就是当一名警察，听到高年级的同县学长考入中国刑警学院，我羡慕不已，“刑警”这个词在我心中代表着英姿飒爽、斗智斗勇……我多么希望能够像学长一样进入警院学习。

1993 年我如愿了。大学四年，学习算是认真，作为农家子弟，拿奖学金是荣誉，也是生活所需。虽然对于专业术语和技术手段逐步熟悉，但总觉得与高唱《少年壮志不言愁》的志向实现还是隔了一层。

毕业后，我被分配到郑州市公安局刑侦支队技术科任痕迹技术员，成为一名刑事技术人员，从事重特大刑事犯罪现场的勘验、物证的查证和刑事技术鉴定工作，开始了我的职场人生和从警之路。

刑事技术人员做什么工作呢？简单来说就是将技术手段与逻辑推理结合起来，为侦查破案提供证据线索，划定侦查范围，刻画犯罪嫌疑人，为案件的定性提供依据，能做到最棒的就是老话里“铁证如山”。工作环境呢？时常是盗窃、抢劫、杀人案发现场，而且还以凶杀案居多，需要学会“用多种语言跟死人对话”。这需要经验的累积，案件现场看得越多，积累的经验也就越丰富。前一段时间热门报道的美籍华人神探李昌钰的事迹，让很多人对我们干的行业多了些了解。

十八年的工作，我面对了近2000起案件的现场，多数命案现场的暴力血腥之状就是一幅幅人间地狱惨象，这种惨状是寻常百姓在单位和家庭里不能想象也不需要去想象的。但是，我们常常要进入人间地狱之门，零距离面对，“望、闻、触、摸”地侦查。上千次现场工作的历练，让我从第一次面对凶杀现场的不忍卒看，进步到现在冷面热心的沉着。

工作面对的是真实，刑事侦查工作没有少年时看电视剧时的音乐响起、警装威武，更多时候是需要耐心、细致、忍住生理反应……

我曾身处一家四口被杀的血腥现场，连续工作四个多小时，在一个球形门锁把手上发现一小块轻微的擦痕，为抓获凶手提供了直接证据……

我曾在刺鼻的臭味中打捞出公共厕所粪池内的尸块，根据生物特征确定死者身份，缩小侦查范围，凶手快速落网……

我曾在受害的出租车女司机车内后视镜上发现一根毛发，在车内烟灰缸中发现一枚烟蒂，经生物检材鉴定确认为同一男性所留，进而确定作案人的吸烟习惯、发长……后来犯罪分子在外省再次作案时被抓获，使这起抢劫杀人案件在9个月后得以胜利告破。死者家属感极而泣，我也为无辜冤魂出了一口气……

我从瘦弱的大学生到现在发福的准中年，从一个毛头小伙子的技术员到今日的支队政委，从参与配合侦查到成为技术骨干……很多都在变化，再回母校，校园建设得找不到当年那个瘦弱少年发呆的窗口；身边社会的很多人和事也在变化，有因公殉职、抛洒热血的同事，也有因为私欲被判刑入狱的同行。

很多人说，少年立志有初衷，但人在江湖，身不由己，人在社会，随高就低。随波逐流容易，立住脚跟、稳住心神，是难还是容易呢？作为一名刑警，在社会上沉浮久了，又该如何才能不忘初衷、不失本色呢？

我是在面对作为刑警的战友，所以更愿意坦诚地吐露心声，虽然刑事技术工作环境恶劣，待遇不高，但既然从事了这项职业，我很乐意踏实地往前走，不求伺机闻达，不求横财巨富，追求的是通过侦破一个个案件实现自己的价值。身处贪欲横生、罪罚夹杂的社会里，我期望自己有一双明察秋毫的慧眼，对得起本职工作，对得起身边所有的期盼，希望自己能够成为像福尔摩斯、李昌钰一样的神探。

转眼已是中年，少年壮志多浪漫，中年志行重责任。我看李昌钰的访谈，他有一句很朴素的话打动了我："一生安身立命，信念就是从来不肯做得比别人差。"当初他做康涅狄格州刑事化验室主任，人家说中国人做警察是优秀的，但不适合做行政长官，他就下决心要把这个职位做好，还出任了警政厅厅长。李昌钰说，总之不能让人家说中国人不行，始终以身为中国人而自豪……人是要有一些责任感的，作为一名刑事技术人员的责任，就是认认真真地勘验好每一起案件现场，抽丝剥茧，寻找铁证，查获凶犯，侦破案件，还社会一片安宁，保一方百姓平安。

轻狂年少到如今，数十年春秋，几度风雨，岁月不能回头。无论身在何方，从事何行何业，愿与诸君共勉：中年勿忘少年志，一生有行亦有志。

张学军　男，汉族，1964年8月出生，中共党员，一级警督警衔，1994年9月从部队转业参加公安工作。历任郑州市公安局刑侦支队民警、中队长，高新技术产业开发区分局刑侦大队大队长，郑州市公安局犯罪侦查局正科级侦查员等职务，被河南省公安厅聘为刑侦专家。2014年6月9日23时50分，因患癌症医治无效逝世，终年50岁。2014年11月29日，被追认为全国公安系统二级英雄模范。

背　影

张秋迪

我的家庭比较特殊，父亲张学军是郑州市公安局一名优秀的刑警，我大学毕业后，也成为一名警察，从事的也是刑侦工作。这项工作为我更好地理解父亲打开了一扇窗户，随着认识的逐渐深入，我对父亲在感情上经历了一个从误解到理解再到崇敬的变化过程。

2010年10月，我被分配至市公安局经济技术开发区分局（简称经开分局），在该局案件侦办大队当上了一名侦查员。2012年，父亲到市公安局刑侦支队打击“两抢一盗”专案组工作，负责郑州东部几个分局的侵财案件的侦破工作，专案组就设在经开分局。那年冬季的一天下午，我因一个案件去找我父亲，想让他帮忙分析一下案情，看能不能找出破案的线索。我们讨论完案件以后已经比较晚了，父亲就让我暂住在他的办公室，并说忙完以后和我聊聊天，然后他就到电脑旁开始查询、分析案件线索。

不知道过了多久我睡着了，等我醒来以后看见办公室的灯已经关了，房间里只有电脑显示屏亮着，发出微弱的光线。父亲正坐在电脑桌前，全神贯注地盯着显示屏，由于天气寒冷，身上还披着一件厚外套。当时我看了看表，已经是凌晨3时多了，我本想过去让父亲赶快休息，可望着他那熟悉而忙碌的背影，突然感到一种莫名的辛酸：这个近在咫尺与我骨血相连的汉子，就这样略显孤单地静静坐着，曾经宽厚的脊背已明显单薄，曾经挺拔的身姿在经受岁月风霜之后已日渐佝偻。他这些年来经受了多少考验，又承担了多少压力和责任，让他的背影显得那样憔悴、那样疲惫。这么多年，父子之间聚少离多，我此刻多想投入父亲的怀抱，真真切切感受一下他的温度……

刹那间，我潸然泪下，往事一件件涌上心头……

父亲是一个执着的工作狂，他把侦查破案当成了自己毕生的爱好、自己生活的全部，并为之而努力奋斗，献出了自己的青春、热血、生活、家庭及自己的生命。在我早期的印象里，父亲是很不称职的，他留给我的记忆大多是一次次无言的失约，陪伴我度过童年、少年时光最多的是各种玩具和电视机。他甚至不是一个好丈夫、好儿子。由于长期加班工作，父亲很少回老家过年，2003年的春节，几年没有回过西平老家的他，直到大年三十下午办完手里的案件后，才风尘仆仆带着我赶回西平县。爷爷看到父亲和我喜出望外，对家人说：“学军当警察非常辛苦，回来一趟很不容易，今年的年夜饭，我要亲自下厨慰劳慰劳他。”当一桌丰盛的饭菜摆上桌，全家人围在一起刚开始用餐时，父亲的手机响了。等接完电话，他神色凝重地对爷爷说：“爸，这个年夜饭我不能陪您吃了，局里找我回去又有新的案件要办，案件就是命令，我必须得走。”看着父亲焦急的神色，全家人都很无奈，爷爷当时不解地说：“就是警察也要过年吃顿饭吧。你忙你就走吧，要是这样，以后过年再也别回来了！”看到爷爷生气了，父亲心里非常难过，他没再解释什么，留下我们一家老小，匆匆披上外衣。我既不舍又有点儿怨恨地扒着窗户注视着父亲的背影，直到他消失在苍茫夜色里。

2005 年 12 月 24 日晚，登封市公安局抓获两名盗窃机动车的犯罪嫌疑人，经过审讯发现很多疑点，判定这起案件背后隐藏着更大的案情。市公安局迅速在登封成立“12・25”专案组，父亲奉命参与该案件的侦破工作。他一到专案组马上就投入对嫌疑人吴某的审讯工作中，采用政策攻心、思想说服、法制教育等多种讯问手段。经两天两夜的较量，吴某心理防线崩溃，供述了自 2003 年以来，伙同他人先后在西安、宝鸡、濮阳、登封、巩义等 11 个地市盗窃桑塔纳轿车 100 余辆，并转卖他人的犯罪事实。专案组迅速布网，开始实施艰苦复杂的抓捕工作。父亲放弃元旦、春节假期时间，全力投入侦破抓捕中，先后将主要犯罪嫌疑人李某、程某抓获。为把受害人的经济损失降低到最低限度，父亲积极参与追缴赃车的行动，他先后带领侦查员转战山西、陕西两省七地市，追查赃车下落，行程数万千米，追缴涉案车辆 70 余台，挽回经济损失达 700 余万元。父亲因在“12・25”专案工作中表现突出荣立个人一等功，这是他生前获得的最高荣誉。

单位的领导和同事都称父亲为“拼命三郎”，他对岗位和工作的热爱几乎到了忘我的境界。2011 年 12 月 28 日，父亲在河北石家庄抓获并押送犯罪嫌疑人返回途中，不幸遭遇车祸，腰椎压缩性骨折，头部、手、腿多处重伤，牙齿掉了八颗，口腔缝了十几针。就是这样，他竟然躺在病床上仍在打电话指导案件工作，在胳膊打着绷带伤情还未痊愈的情况下，他就急不可待地回到单位，投入新的工作。由于从事刑侦工作生活无规律、长期加班熬夜，父亲患上了痔疮和肠胃病，五六年一直没有顾上治疗，每次出差办案，都要带上药品和盆子用于熏洗，久而久之，盆子和治肠胃病的诺氟沙星已成为父亲出差的必备用品。

我入警前，其实对父亲的工作并不了解，父亲也很少有时间给我讲他的从警故事。平日里，父亲最引以为豪的就是曾荣获的各种奖章和证书，他还专门摆在我的书柜里让我看，而稚气未脱的我对这些奖章和“红本本”却不屑一顾，也许我们两代人之间确实存在代沟。直到2014年5月15日凌晨3时，父亲在抓捕犯罪嫌疑人时突然晕倒，后被发现肝部恶性肿瘤且已扩散。6月9日，父亲因癌症去世，事情发生得如此突然且短暂，给我的人生留下了挥之不去的遗憾。我在整理父亲生前档案时，才真正了解到他一生的辉煌事迹，父亲的形象才从模糊的背影转为清晰的轮廓。

父亲从警二十年来，先后主侦和参与破获了轰动全国的2000年“12·9”特大系列持枪抢劫银行案、2001年“1·26”持枪抢劫安利公司案、2005年轰动中原的“12·25”系列盗窃机动车案、2006年“7·9”恶性持枪抢劫杀人案、2007年“1·13”宋马郝黑社会性质犯罪团伙案、2008年“5·12”系列盗窃面包车案、2008年“6·7”系列入室盗窃保险柜案等一大批有影响的大案要案，成功破获省部级督办案件30余起、市局督办案件140余起、命案12起、“两抢一盗”案件300余起、团伙案件160余起，共主办和参与了1200余起刑事案件的侦破工作，打击处理违法犯罪嫌疑人800余人，挽回各种经济损失6000余万元。他把自己的一切献给了公安刑侦事业，用理想信念、实际行动和显著成就，书写了一曲人民警察奋斗的生命之歌。

直到我也选择了刑侦工作，干了这一行才终于明白，刑警的工作正如一把遮风挡雨的大伞，为百姓撑起了平安的晴天，正是像我父亲一样的无数的警察牺牲小家，成全大家，百姓方拥有一个和谐、稳定的社会。虽然现在我与父亲阴阳两隔，但作为刑警的儿子和一名刑警，父亲的所作所为是我一生的精神财富。

每当静谧的月光洒向床边，我便回想起2012年的那个冬夜，我的内心升腾起温暖，父亲如同一盏永不熄灭的指路明灯，让我眼前的道路变得清晰起来……

（本文由张秋迪提供素材、赵佳整理）

赵佳　字惊鸿，男，汉族，中共党员，大学文化，1982 年 10 月出生。籍贯：山东省沂水县。2005 年 10 月参加公安工作，现任郑州市公安局犯罪侦查局政治处民警，一级警司警衔。

回眸十年从警路

赵　佳

豁达的心境承载着风雨冰霜，袒露的胸怀写满金色的忠诚，经历磨难信念始终没有折弯，打击犯罪就是刑警的神圣职责。多少个白天黑夜，刑警以坚毅穿梭于案件现场调查取证；多少个春夏秋冬，刑警以执着往返于外省市千里缉凶。即使面对穷凶极恶的悍匪，刑警毅然冲锋陷阵，威猛如虎，义无反顾。

光阴似箭，转眼间已步入 2015 年的秋天，这也是我踏入刑警队的第十个年头。漫漫人生长路，有几个十年可以用来细细品味和感受？十年时光，对于快速发展的社会来说很短暂，但对于我这个普通的年轻刑警来说可谓涅槃重生。回眸这些年的成长历程，我有过初生牛犊不怕虎的鲁莽浮躁，有过年少轻狂不知愁的无所顾忌，有过惊心动魄不惧危险的殊死搏斗，有过连明彻夜不知疲倦的伏案疾书。日复一日，未曾懈怠，年复一年，义无反顾。有泪，自己悄悄流，有苦，自己静静品。都说“公安累，刑侦苦”，但我从未轻言放弃，更多的是对刑侦工作的那份执着和热爱。追忆这流逝的岁月，抓捕杀人逃犯的那些片段在我的脑海中仍不断回荡。

与杀人悍匪的徒手搏斗

2005 年我顺利通过了全省招警考试，在市公安局干校被特警支队的教官们“魔鬼”训练了近 4 个月后，被分配到郑州市公安局刑侦支队四大队（现犯罪侦查局秘密侦查支队）工作，这是一个充满神秘色彩、擅长传统侦查手段的部门，所从事的均是刑侦隐蔽战线的侦查工作，我也是在这个集体中逐渐成长起来的……

2006 年 6 月 3 日，时任中队长的李志林接到治安积极分子“老白”提供线索，称其在与老乡喝酒聊天期间，得知有一命案在逃犯在中牟县汽车总站附近躲藏，但该逃犯的姓名和所犯案情不详。

6 月 4 日上午 8 时许，中队长带领我和另一名侦查员，驱车前往中牟县抓捕该命案在逃犯。上午 9 时 05 分我们来到中牟县汽车总站附近的中牟交通宾馆，中队长先联系一直在附近盯梢的治安积极分子“老白”。与“老白”面谈后，由他在前面带路，我与另一名侦查员一前一后与其保持 20 米距离跟随，中队长则在路边车内随时接应。“老白”走到路边一个打麻将的桌子旁停下，趁机为我们指了指正在打麻将的犯罪嫌疑人。我俩便乔装成看打牌的群众，站在犯罪嫌疑人身后等待时机抓捕。大约 10 分钟后，他起身到马路对面上厕所，我与另一名侦查员便迅速上前亮明身份控制该人，谁知该名嫌犯如惊弓之鸟一般挣脱逃跑，我们便又快速追上与其缠斗在一起。该犯罪嫌疑人 1.80 米左右的大个，膀大腰圆，体格健壮，几次三番欲挣扎着逃脱，我与另一名侦查员奋不顾身将其压倒在地，与他展开贴身肉搏。在搏斗中我骑在他身上，两手紧紧按着其双手，刹那间，嫌犯用牙猛咬我胳膊，我忍住疼痛让同事立即腾出手上铐，最后将其制伏。这时在马路对面等候的中队长也快速将车开到，一同把该犯罪嫌疑人押解上车。这近一分钟的抓捕过程，让我这个新警察刻骨铭心。押解返程途中，看着胳膊上的伤口和磨破的衣衫，我百感交集，有一种莫名的兴奋和喜悦——我完成了从一名警校大学生到刑警的蜕变。经突审，抓获的命案在逃犯张新兵对 2004 年 8 月 24 日伙同哥哥张新征酒后在县城联营车站用刀捅死客车司机的犯罪事实供认不讳。

假枪与真刀的较量

在我办公桌抽屉中，有一只 64 式仿真塑料手枪，是我在一次配合治安部门清查行动中收缴的，说是仿真，可仿得“四不像”，充其量也就是个玩具模型。说来也惭愧，干了好几年刑侦工作，我却始终没有自己的专属配枪，又因单位枪支集中管理十分严格，借出一支手枪需要各级领导层层审批。怕麻烦更担心用枪责任，所以没遇到什么特殊抓捕任务，我索性也就不借枪带着了。日常案件排查工作我带上这支仿真手枪，也就是充充样子，起到震慑作用，经历了多起案件抓捕，可以说屡试不爽。但万事总有例外，也就是这支假枪，陪我经历了一场与杀人逃犯的殊死较量。

2013 年 12 月 28 日（星期六）上午，我正在单位值班，突然接到福建省福清市公安局两位民警的协作请求，称 12 月 11 日，福清市一箱包厂工人杨占勇因与其部门负责人赵某发生纠纷，持刀将其捅伤致死，经前期侦查，杨占勇现已逃窜至郑州火车站周边务工，急需协助排查和抓捕。接到外省市兄弟单位协作请求后，我向主管领导进行了汇报，就急忙拿上手铐准备外出抓捕。临出门我突然一想：这可是杀人逃犯，还是带上那支 64 式仿真手枪吧！对付这种外地流窜“角色”，拿支假枪吓唬一下，那厮肯定非尿裤子不可。

我开车带着福清市公安局的两名同志赶到火车站附近，拿着逃犯杨占勇的通缉照片，开始在火车站广场、二马路劳务市场、豫泰商场附近的小饭店进行地毯式排查。同时，我也发动了一些曾经在这个区域活动的治安积极分子配合查找。经过一天的工作，并没有什么有价值的线索，我就与福清市公安局的两位同志约定第二天上午继续排查。

丁零零……一阵急促的电话铃声把我从睡梦中惊醒，一看手机号码是火车站区域治安积极分子“小陈”，我接通了电话。“赵哥，我是小陈啊，你昨天跟我说要找的那个人，我给你打听到了。”“小陈”说道。我一听，马上从床上兴奋地坐了起来：“快说人在哪！”“小陈”故作神秘地说：“赵哥，你可要为我保密啊，别说是我举报的，要不在火车站我可没法混了。”我火急火燎地说：“没问题，你要相信公安机关，都合作这么多次了。”“小陈”听我向他做了口头保证，便不紧不慢地说：“哥，我拿着你给的照片找了周边好多兄弟打听，最后在南关街与烟厂西街附近的一家逍遥镇胡辣汤店内，侧面打听到有一厨师很像照片上这个人，我也不敢确定，你还是亲自去看看吧。”挂了电话，看看时间已经早上8时多了，我穿上衣服，拿上手铐和假枪，开车就去宾馆接福清市公安局的两位同志，火速赶到“小陈”反映的那家胡辣汤店周边守候。

为核实该线索真伪，我独自一人先乔装进店里吃早饭。这家胡辣汤店面积不大，但紧邻火车站周边，店里的顾客较多，有几个伙计正忙碌着给客人打饭。我定睛一看，并没有要抓捕的逃犯杨占勇。难道线索有误？我看了看店内的情况，发现还有一个后门，应该是通向厨房的。我就顺着过道悄悄走了进去，在这个狭小的空间里，有一个忙碌的身影正在厨房案板上切菜。仔细一看该人侧面，确实与照片中的犯罪嫌疑人有点儿像。为不打草惊蛇，我迅速从店里撤了出来。

经与福清市公安局民警沟通，我们决定直接过去控制该人，询问核对身份。制订好工作方案后，我们三人便径直冲向饭店厨房。刚冲进厨

房，我一手持仿真手枪对准该犯罪嫌疑人，一手持警察证厉声喊道："不许动，警察！"（后来想想，这也许是最"无厘头"的查缉行为，因为当时该人正拿菜刀切菜，不管对方是不是犯罪嫌疑人，都应该先上去控制双手）这次真的失算了，手中的假枪并没有发挥以往的神威。说时迟那时快，他转过身来就举起了手中的菜刀。就在这一瞬间，明晃晃的菜刀便砍了下来，容不得我有半点迟钝，我本能地侧身一退，菜刀的刀锋如同闪电一般，"嗖"的一下从我眼前快速划过。千钧一发之际，手中的假枪早已成为摆设，我将枪迅速砸向犯罪嫌疑人的眼睛，扔掉枪便腾出手死死卡住其喉咙，另一只手用力按住犯罪嫌疑人欲再次举起的持刀手臂，与他紧紧贴在一起。两名福清市局民警见状抱住犯罪嫌疑人的腰将其放倒在地铐上，成功抓获杀人犯罪嫌疑人杨占勇。

不到半分钟的抓捕就这样结束了，真是有惊无险。我捡起掉在地上的警察证和那把仿真手枪，内心百感交集，身体有点儿瘫软，头上直冒虚汗。若是当时我稍有闪失，就算不见马克思也要身负重伤，非弄个刀疤脸不可。从那以后，我也就把这支仿真手枪封存了起来，因为它既是我一次惊险的抓捕经历的见证，也是一种对工作安全的警示——面对那些穷凶极恶的罪犯，虽然我勇往直前没有退缩，但为了自身安全，还是必须靠真刀真枪和规范的查缉动作来科学处置。

从事刑侦工作的十年间，我陆续参与抓获了 12 名凶杀案的犯罪嫌疑人，这一次次抓捕场面我至今仍历历在目。虽然与那些刑侦战线上的老前辈和功臣们相比，这些成绩只能算九牛一毛，不足挂齿，但回忆起来总归是我人生的一笔可贵财富。那些逝去的美好时光、那些惊心动魄的抓捕场景，终将沉淀为永恒的经典，在我心灵深处珍藏！

郭广军 男，汉族，中共党员，大学文化，1974年2月出生。籍贯：河南省中牟县。1999年12月参加公安工作。历任中牟县看守所副所长，中牟县公安局刑侦大队社控中队副中队长，中牟县公安局刑侦一中队副中队长、指导员，中牟县公安局刑侦三中队中队长职务。现任中牟县公安局刑侦大队办公室主任，三级警督警衔。

抓捕，我抹不去的记忆

郭广军

岁月如梭，转瞬即逝。我从正式踏上公安工作岗位至今已经十六个年头，十六年的刑警生涯，经历了无数的风风雨雨，脑海深处，仍有很多抹不去的记忆。

2002年3月，接郑州市公安局通知，我和同事被抽调到市局刑侦支队参加“打黑”工作。那个时候，“打黑”工作给我的印象是好玩又刺激，但是随后工作开展起来就完全不是一回事了。

抽调到支队的当天晚上，我就参加了专案组全体会议。会议上，专案组领导通报了本次专案的主要工作任务，即打掉郑州市二环道批发市场以胡英杰、胡现杰为首的黑恶势力，还郑州一个安全稳定的社会环境。该黑恶势力不但长期控制、垄断二环道等处的水果批发市场长达十多年，还对外省市的洋果批发进行控制、垄断，给郑州的经济稳定造成了一定

影响，群众反映十分强烈。会议还强调了保密工作的重要性。会后我和同事因为年轻，被安排到抓捕组，配合支队同志一块摸排线索，对嫌疑人实施抓捕。

接下来的工作烦琐而又复杂，时间在不知不觉中过去了，大部分犯罪嫌疑人也一个个到位，但还有一个重要犯罪嫌疑人，他是该黑恶组织的一个骨干成员，身上有命案，且可能携带枪支，多次抓捕他都没有成功。抓不住该嫌疑人，很多案件情况就不明了，相关证据就不充分，就无法对该组织实施致命一击。经过研究，专案组将此任务交由支队的一个中层领导带队，抽调新密、新郑市公安局刑警和我等五名侦查员，组成了抓捕突击小组，力争在短时间内将该嫌疑人抓捕到案。

抓捕突击小组成立后立即开展工作，时值夏季 7 月，天气炎热，蚊子横行，为成功抓捕该嫌疑人，我们突击小组顶着烈日、忍着被蚊子叮咬的痛苦，开始摸排线索、蹲点守候、查找关系人。经过大量工作，我们获得了该嫌疑人过生日的具体时间，并得知该嫌疑人当天晚上要和家里人一块儿庆祝生日。机会难得，领导立即安排我们对该嫌疑人家属进行跟踪，决定以人找人。工作从凌晨 4 时开始，我的任务是跟踪该嫌疑人的女朋友，在工作前，领导再三交代，绝对不能跟丢此人，这是唯一抓捕该嫌疑人的机会。另外，领导也再三嘱咐，嫌疑人可能携带枪支，工作中一定要注意自身安全。

我接受了任务，觉得压力比较大，为了保证万无一失，我化装成一个修防水的工人，骑着一辆自行车在该嫌疑人女朋友租房处的都市村庄进行蹲点守候。时间一分一秒地过去了，我从凌晨 4 时到上午 10 时一刻也不敢放松，其间该嫌疑人女朋友出去买东西，我一直小心跟踪着，后来她回到租房处，因天气炎热就没再出来，我依旧守候在附近，不敢有丝毫疏忽。骄阳似火，太阳肆无忌惮地炙烤着大地，没有一丝风，时间像头老耕牛一样缓慢地移着，出奇的慢。时间已至下午 4 时，我水米未进，饥渴难耐，汗水早已湿透了衣服，可依旧精神十足，不敢有一丁点儿懈怠。

功夫不负有心人。下午 4 时 12 分，一辆红色夏利出租车停在了该嫌疑人女朋友的租房处，我立即意识到嫌疑人马上就要出现，可现场就我一个人，当时没有手机，我无法向领导及时汇报。我就像热锅上的蚂蚁团团转，仅十几秒钟后，该嫌疑人的女朋友下楼了，然后坐上了该辆夏利出租车向西走了，我记下该车车辆特征及车牌号，抓紧时间找公用电话向领导汇报了情况。领导问清情况后说：“注意你的传呼，到时通知你。”我漫无目的地骑着自行车。下午 6 时 40 分，传呼机发出了蜂鸣声，我一看，领导叫我抓紧时间赶往中州大学北门口。时不我待，我赶紧拦了一辆出租车赶往中州大学。路上，我拿出工作证对出租车司机师傅说：“我是警察，有紧急任务，请尽快将我送到中州大学北门口。”师傅不再多说，立即加速前进。下午 6 时 57 分，我赶到了中州大学北门口和突击小组其他成员会合，然后乘坐一辆普桑开始对那辆红色夏利出租车交替跟踪，此时已确定嫌疑人在该车上。

太阳已经下山了，天空也变得阴沉起来，像一口黑色的大锅反扣下来，笼罩着大地。红色夏利出租车绕了几十千米的路终于走向了嫌疑人躲藏的“老巢”。根据经验判断，领导认为关键时刻到了，遂对司机说：“不要跟得太近，寻找合适时机立即抓捕。”突然，红色夏利出租车停了，嫌疑人从车后排座上下来了。还没等领导张口，年轻的司机猛踩油门急速前进，想尽快冲到嫌疑人跟前抓获嫌疑人……可这是大忌，嫌疑人听见了机器的轰鸣声立即感觉事态不对，遂喊了一声：“妈，我有事先走了。”话音没落，嫌疑人即撒腿向东疾奔。情况紧急，还没等车停下来，领导就带领抓捕民警跳下车猛追，我和领导冲在前列，距嫌疑人约四五十米远，路两边站满了看热闹的群众。我们边追边喊：“截住他，他是犯罪嫌疑人。”但路边的人没有一个人伸手，只是伸长了脖子看我们。因为年轻，我冲在了前面，跑了一百多米，我和领导的距离渐渐拉开了。领导

也许急了，也许害怕失去这次抓捕的机会无法向上级报告，也许这次抓捕不成功将给案件造成很大的被动。此刻，我听见了突击小组领导的大声警告："别跑，停下，再不停就开枪了！"嫌疑人依旧狂奔，没有丝毫停下的意思。随后，我听见了枪响，"砰、砰、砰……"，枪声响了四五下，我感觉子弹在我身边"嗖嗖"飞过。听见枪响，嫌疑人依旧在跑，我也依旧在追，我和嫌疑人的距离越来越近了，和领导、队友的距离越来越远了。

突然，天响起了炸雷，闪电把大地照得通明，紧接着，大雨倾盆而下，嫌疑人从都市村庄跑向野外，转而进了玉米地，我也追进玉米地。玉米地里的小路坑坑洼洼，加上天黑、下雨，路面极其泥泞，就这样追了几千米，嫌疑人累了，跌倒了，爬起来继续跑，我也累了，跌倒了，爬起来继续追……近了，近了，我和嫌疑人的距离缩小到六七米……嫌疑人从玉米地又蹿到豆角地，我紧随他追进了豆角地。突然，我感觉到眼前有一道铁丝（豆角架），双手本能地抓住了铁丝。好险！如果不是双手，铁丝就直接勒住我的脖子了。我惊了一身冷汗，迎面倒在豆角地，可是，只是稍稍一停顿，我立即爬起来，继续追赶嫌疑人。玉米地仅有我和嫌疑人在做最后的比拼，又追了两三百米，我感觉到嫌疑人已经筋疲力尽，再也跑不动了。我坚信我能抓到嫌疑人，抓紧手中的手铐，做最后的冲刺，眼看距嫌疑人两三米了，我奋起一跃，一脚踹向嫌疑人，巨大的惯性之下，嫌疑人被我飞起的一脚给踢倒了，我也摔在地上。此时，我看见嫌疑人往腰里摸东西，我脑际里立即闪出了不祥的预兆——枪！嫌疑人可能有枪，他是不是在掏枪？（事后证实是准备扔手机）我顾不上多想，从地上爬起来扑向嫌疑人，不给他一点喘息的机会就把他压在身下，熟练地控制、上背铐，一气呵成，没有一丝拖泥带水。嫌疑人也许被枪声吓怕了，也许是真的累了，趴在地上大口喘气，没有一点儿反抗。我骑在嫌疑人身上，一手拽着嫌疑人的手铐，一手按着嫌疑人的脖子，也大口喘气，内心中充满了由衷的自豪。

过了大约10分钟，我听见领导喊我的名字，急忙应答，领导带领抓捕小组成员赶到了。我把嫌疑人从地上拉起来，准备带离。这时，嫌疑人的家属也赶到了，问咋回事，我害怕嫌疑人家属使用暴力，赶紧向领导要过枪，并向嫌疑人家属提出警告："我们在执行公务，该人为重大嫌疑人，请你们配合。"也许嫌疑人家属也听到了抓捕嫌疑人时的枪声，在我义正词严的警告下，嫌疑人家属没有敢阻碍我们带离他。

坐在车子上，我才发现我浑身湿透了，身上全是泥，鞋也烂了。但我知道，我们小组完成了任务，大家心里都高兴。时间已是晚上10时多了，回到支队，我稍做洗漱，领导又开始叫我给嫌疑人记笔录。也许嫌疑人真的怕了，真的被我们征服了，问啥说啥。次日凌晨5时许，天已放亮，笔录拿下，整整37页，嫌疑人对其犯罪事实供认不讳。事后，支队领导把我们叫过去，对我们克难攻坚、勇于奉献的精神提出表扬，并嘱咐我们在今后的工作中再接再厉、再创辉煌。我由于在此次任务中表现突出，荣获市公安局"'打黑'先进个人"称号。

十多年过去了，但这次抓捕在我脑海里却如昨天刚发生一样。回想抓捕，我依旧是精神如初，自豪之情油然而生。仅有一副手铐，是什么给我勇气，让我奋不顾身地扑向犯罪嫌疑人？对，是我帽檐上的警徽，是我入警时的誓言，是我肩上的使命，也是我内心中充盈着的疾恶如仇。有些东西随着时间的流逝就淡了，但我作为刑警，如果有机会再次碰见这样的情况，我依旧会像当年一样毫不畏惧、全力追捕，因为我知道，我全心全意为人民服务的信仰没有减弱，我肩上担的责任没有变，我疾恶如仇的心依旧在。

沙丽敏　女，回族，中共党员，大学学历，1972 年 9 月出生。籍贯：河南省郑州市。1992 年 9 月参加公安工作。现任郑州市公安局犯罪侦查局五支队三大队大队长，三级警督警衔。

心灵的呼唤

沙丽敏

封藏于历史年轮中的记忆，我本不想惊扰，让它们静静地留在那里，等待时间的淘滤、掩埋。不经意间，打开了思绪的闸门，我便再也无法遏止思想浪花般汹涌的宣泄。

孩儿时期，我就羡慕警察和军人，一身戎装在幼小的心灵中种下的是深深的敬畏。1993 年毕业，偶然的机会下，我也成了一名人民警察。初穿警服的那段时光，走起路来我都感到神气，胸脯挺得高高的，喜欢穿上警服时路人羡慕和回望带来的那种自豪感和荣誉感。

工作之初，我在郑州市公安局科技通信处和“110”指挥中心工作，随着岁月的流逝，新鲜感和兴奋感渐渐淡去，日子越来越趋于平淡。每天机械式的重复工作，让人无法激荡起情感的波澜和向前冲的激情。工作逐渐被事务性的任务塞得满满的，日子就这样在重复中一天天过去。2002 年，市公安局局直机关改革，怎么也没想到改革会波及我一个无名小卒，一夜之间、一纸调令，我被调到刑侦支队。虽然“110”指挥中心的工作机械、乏味，但那十年里，有我付出的青春和流淌的汗水。突如其来的调动，失落和沮丧沉重地压在我的心头，我对人生该何去何从都感到困惑。在刑侦支队工作的前几年，我先后在基础大队、技术大队工作。但由于不甘心在技术大队当一名档案员，2003 年女子大队成立时，我毅然决然到女子大队报到，风风火火几年后，女子大队解散了，我又回到了技术大队，但我想干一番事业的心并没有改变。

2006 年刑侦支队信息大队成立，我又一次被调到信息大队。信息大队负责追逃、情报分析等工作。我很喜欢刑侦工作，自幼养成的爱学习的习惯一直保持着。不知不觉中，我喜欢上了这种通过逻辑分析发现问题、解决矛盾的极具挑战性的工作。我开始沉迷于破案过程中那绞尽脑汁的思考，以及抽丝剥茧找到的点点线索，特别享受那种通过严谨细致的逻辑分析理清逃犯逃跑方向、发现潜藏地址和人物关系、成功抓获潜逃多年的犯人时的成就感。

转眼间三年过去了，伴随着全社会视频监控设备的广泛应用，通过视频图像侦查破案被利用起来，而且在侦查实践中发挥的作用越来越大。2009 年，信息侦查大队内部成立了由两名民警组成的视频侦查队，我是其中的一员。此后一名民警被调走了，视频侦查队只剩下我一人。我带着两名文职人员开始走上一种全新的侦查道路——视频侦查。

视频侦查队的成员没有正式编制，没有职级，爱好和性格是驱使自己努力开展工作的唯一动力之源。当时没有那么多人对视频侦查工作有深刻的认识，有时别人只用“就是看看视频嘛”一句话总结视频侦查。回想起来，我现在才理解了那句至理名言——“人对客观世界的认识是逐步的”。不理解也无所谓，但寂寞和枯燥却能让人崩溃。天天坐在电脑前看视频，就如看无声电影，没有表演，没有感情，没有情节，只有无尽的人流和车流。那种寂寞和枯燥使人发慌，工作中有时真想跑至野外，大喊几声，呼吸一下湿润的、带着草味的空气。

虽然有那么多的不理解，那么多的枯燥工作，但我却在无声的视频世界里找到了乐趣。我被那种对人物活动规律和个体特征的逻辑分析过程深深吸引，有时甚至沉陷其中不能自拔。遇到想不通的问题时，我会把它分成几个环节，一个一个理顺关系，做出判断，再用视频寻找答案。一个问题，有时要反复多次地开展现场实验，脑子都快想炸了，晚上无法入睡，图像满脑子飞。视频侦查从无到有、从被动运用到主动开展的过程，也是我思想认识和人生观念逐渐成熟的过程。六年的成长历程，这一路走来，伴随我的有辛酸、有汗水，同时也有破获案件带来的喜悦。

由于多年毫无规律的生活，一场突如其来的重病终于将我彻底打倒，我不得不住进了医院。一向性格刚强的我怎么也不能接受一个人躺在病床上的生活，曾多次独自流下痛苦的泪水。在那最困难的时期，家人给了我最大的支持。丈夫为了照顾好我，无数个夜里趴在医院的病床上陪伴我。儿子也突然间长大，会一个人照顾自己了。永远难忘的是同事的关心和帮助，我在病床上最开心的事就是与同事聊天，我病房里的笑声最多。同事们一次次亲人般的慰问如春风拂面，温暖着我的心，激励着我战胜困难。在亲友的关心下，我很快结束治疗出院了。我不顾家人的劝阻，很快又投入工作。不是为了荣誉，不是为了金钱，难以割舍的是那份情怀——视频侦查，只有在那种氛围中我才能找到真正的自我、真正的快乐。

近三年来，我带病参加了“2015·3·29”范小红杀人案等一大批重特大案件的侦破工作，在多起案件中通过视频直接确定嫌疑人落脚点，并当场将其抓获，大家都称我为“火眼金睛”。由于成绩突出，组织给了我许多荣誉，我被郑州市公安局评为“业务能手”，被郑州市总工会授予“五一劳动奖章”，被省公安厅评为“杰出中原卫士”，并荣立一等功、三等功。

在此，我想同所有关心视频侦查的同志分享一起案件的视频侦查过程。2015 年 3 月 29 日，郑州高新技术产业开发区发生一起杀人案件。现场位于高新区于庄村西 800 米，北四环南侧绿化带内。刑事技术勘查现场未提取到有价值的痕迹物证。绿化带宽 30 米，植物繁茂且种植大量高大树木；中心现场位置偏僻，地域范围较广，环境复杂，周边村庄已全部拆迁；距离中心现场最近的唯一的探头在路对面 150 米外的双桥办事处门口，视频图像比较模糊，有高大植物遮挡，无法认定被害人及嫌疑人图像，且无法看到嫌疑人作案过程，视频图像条件非常恶劣。案件一度陷入僵局，我克服了以上诸多不利条件，在深入了解案情的基础上，根据被害人离家时间、群众报警时间及拨打“120”急救电话的时间，结合中心现场视频图像进行综合研判，反复观看这唯一的视频图像，确定了被害人进入现场的准确时间。同时，我也终于从该视频中发现了尾随被害人的可疑黑影。我通过对黑影逐帧分析，发现嫌疑人在作案后绕道向西逃跑过程中前面有一个非常刺眼的白点。我对这个白点产生了浓厚的兴趣，经多次到现场进行实地勘验和侦查实验，推断嫌疑人应该是着深色服装、骑一辆带白色车筐的自行车，那个白点就是自行车前面的白色车筐。另外，我清晰地分析出嫌疑人的整个作案过程及逃跑方向，开展视频顺线追踪，在距离中心现场 1.6 千米处第一次捕捉到较为清晰的视频图像。那个白筐和骑车姿势给我留下了深刻的印象，直觉告诉我：他就是犯罪嫌疑人！这个较清晰的视频图像为视频追踪奠定了坚实的基础。

此后，我依据此清晰的视频图像发现了嫌疑人案前轨迹，在对嫌疑人逆向视频追踪时，工作再度陷入僵局。我从海量视频图像又发现了嫌疑人案前从离中心现场 10 千米外的一家工厂骑自行车外出的图像，锁定了嫌疑人的落脚点，成功抓获嫌疑人。至此，“3·29”案件胜利告破，抓获犯罪分子范小红（男，47 岁，山西运城永济市人）。他的生物检材

还比对上一起抢劫案，同时带破山西省两起杀人案件。

作为一名视频侦查刑警，看到一起起疑难案件通过视频侦查破获，我总是感到由衷的欣慰。视频侦查已经成为我人生最重要的部分，虽然充满了艰辛和汗水，但却展示了我的人生价值，我无怨无悔。今后，我将一如既往地奋斗在视频侦查实战一线，与我的同事继续并肩作战，为维护我市的社会大局稳定做出更大的贡献。

薛伟刚　男，汉族，中共党员，大学文化，1977年10月出生。籍贯：河南省汤阴县。1999年12月参加公安工作。现任郑州市公安局犯罪侦查局五支队支队长，三级警督警衔。

难忘的“小事”

薛伟刚

“童年的偶像，是除暴安良的好汉。少年的迷恋，是英雄虎胆的神探……”每个男孩可能都有过当一名警察的梦想，二十年前，我就是怀揣着对人民警察的无限崇拜，踏进了中国刑警学院的大门。四年后，带着满腔热忱与抱负，我投身到了公安一线、刑侦一线。屈指一算，我参加工作已经十六年了，其间参与过不少案件，也经历了很多事情，曾经的年轻小伙已经年近不惑。回想起来，一些曾经以为会铭记终生的“大事”逐渐开始忘却，真正抹不去的，反倒是几件“小事”。细细回味，真正充实着我们的生活、帮助我们从青涩走向成熟的，有时也恰恰是这些“小事”。就好比佛家所说的“顿悟”，有时某件“小事”可能就是我们“悟道”的菩提树。

2001年3月5日上午，当时我还在鹤壁市公安局刑警支队工作，焦作市公安局刑警支队一行三人到鹤壁，请求协助侦破案件。经过简短的

交流，我方了解了案件的基本情况：2001 年 2 月 22 日晚上，焦作市某粮库发生一起持枪抢劫案件。两名犯罪嫌疑人持枪威逼粮库门卫将其带到粮库财务室，然后把财务室的保险柜撬开，抢走现金约 23 万元。焦作警方经过十多天的侦查，将周某列为该案的重点犯罪嫌疑人之一。周某，男，1975 年出生，焦作市人，曾两次被判刑，在“2·22”抢劫案发案之前不久，还持枪参与一起报复性伤害案件。周某的女友李某在鹤壁市某宾馆打工，周某很有可能到鹤壁投靠李某，且随身带有枪支。经研究，我被安排协助焦作警方开展工作，焦作那边安排的是李大队长具体负责。

当时的互联网，主要是 Modem 拨号上网，移动公司也才刚开始开通 WAP 业务（最早的手机上网业务），还没有无线上网之说。通信工具主要是传呼机，手机还不是很普及，而且手机实行的是接与打双向收费，资费标准又高，很多人即使拿着手机也是在当传呼机用，不舍得使用手机接打电话。回想起来，当时一个人的腰里一边揣着手机、一边别着传呼机，同时又在使用公用电话的现象，非常普遍，我就这样做过，现在侦查用到的先进手段当时更是听都没有听过。

经过一天的调查走访和摸排，晚上 8 时许，我们终于找到了周某的女友李某租住的房子。房子位于鹤壁市淇滨区打柴口村，那是一个刚规划改造过的城中村，交通便利、四通八达，租住人员较多，晚上有夜市，商贩较多。李某租住的房子位于夜市旁边，周边环境复杂，房子前后都有窗户，非常方便逃跑，不利于抓捕。我们找到房东了解情况，房东反映李某平时一个人租住一个单间，但前几天告诉他说从单位请了假，要回老家办点儿事，房间一个朋友要过来借住几天。找李某借住房间的朋友会不会就是周某呢？有很大的可能。只是可惜房东没有见过李某的这个朋友。

经过多次侦查，李某的房间没有人。我们让房东把房间的门打开，对房间进行了快速的搜查。虽然没有发现枪支或能够证明周某身份的物品，但在房间里发现两双拖鞋，一双女式的、一双男式的。周某很有可能在此居住。

我们经短暂商量后，决定由我和李大队长两人提前埋伏在房间内，等周某进入房间后，第一时间将其抓获；其他人员在外围布控，以备紧急增援并防止周某逃跑。因为，周某之所以被列为重点犯罪嫌疑人，就是因为他有枪，而在房间内没有发现枪支，周某很有可能会随身携带着枪。如果在室外抓捕，万一发生意外，将很有可能会伤及无辜。

怎样才能做到既能保证自身安全，又能成功抓获周某呢？我和李大队长在房间里反复做了多次试验，制订了最佳抓捕预案，并进行了演练。关于两人站位，李大队长站到门的一侧灯开关旁边，以便在周某进屋开灯时，迅速控制住其一只手；我站到李大队长的斜对方门的侧后位置，以便能在李大队长动手的同时，用最快的速度控制住周某的另一只手。对周某手的控制，每个人都要用两只手，全力控制其一只手，而且控制后一定要紧抓并折别手腕，使其失去活动能力，然后迅速上铐，坚决防止因控制不牢而导致其脱控、获得掏枪的机会。

一切准备就绪。因为第一次参加这样的抓捕，在整个等待的过程中，我是既紧张又兴奋，还有些期待！

半夜1时左右，门外响起了脚步声，到门口了，停了。门外又响起了钥匙的碰撞声、钥匙插入锁孔的声音、门被推开的声音。周某半个身子进屋了。右手被控制、左手被控制，双手被上铐……一切按照预定程序进展顺利，周某被成功抓获。

我们亮明警察身份，迅速搜身，周某身上没有枪，遂立即对周某进行当场讯问。周某说的第一句话是："我知道你们为什么抓我，但粮库的事不是我干的，枪我没有带。"之后，周某被连夜带回焦作。

案件到底是不是周某做的？周某的枪找到没有？如果不是周某做的，那么犯罪嫌疑人到底是谁？案件最终破获了没有？这些后续情况，

我都没有再关注，也不得而知。但是这次经历让我开始明白了一些事情：当刑警，随时都可能会遇到一些无法预料的突发情况，在面对这些艰难险阻，尤其是面对穷凶极恶的歹徒时，一定不能害怕、不能退缩，要有坚定的信心、必胜的信念，沉下心来，细致分析、认真思考、周密谋划，那么就肯定能够找到解决的办法。但是，千万不能“傻大胆”。

最后补充一个情况，整个侦查及抓捕过程中，我们所有参与人员都没有带枪。

第二篇

大案侧记

张友军　男，汉族，中共党员，高中文化，1949年6月出生。籍贯：河南省南阳市。1968年9月参加工作，历任郑州市公安局九处侦查员、副处长、教导员、政委、副县级侦查员职务。2009年7月退休。

大海捞针

张友军　李智慧

20世纪80年代初的中国，“文革”结束不久，改革开放的新时期已经开启，国内经济体制改革已经开始并初见成效，但是就整个政治局面来说，全国正在进行拨乱反正。在这样的社会背景下，警察的主要职责就是恢复、稳定20世纪50年代奠定的国家秩序和社会秩序，推进国家社会各方面的改革，实现社会转型。

在这个特定的历史时期，基层组织相对涣散，致使许多事情无人负责，不良现象滋生蔓延。不少被解放的农村劳动力和城镇闲散人员在“有饭吃、缺钱花”的生活中，到处流窜，干起了各种违法勾当。我下面要讲述的就是特殊历史条件下流动人员审查站里发生的一起民警被杀案件。

当时的审查站是主要对有违法犯罪行为又不如实交代身份的人员进行隔离审查的机构，审查站的民警每天要对关押人员提审，询问落实其真实身份。1982 年夏天的一天上午，审查站民警蔡某像往常一样把一名待审查人员提到办公室进行询问，待审查人员趁蔡某不备，捡起地上的砖头砸在蔡某头上，砸晕之后，又解下蔡某的腰带，勒住蔡某的脖子，把蔡某的身体挂在柜门锁鼻上，换上警服逃出了审查站。

光天化日，警察被杀，该案的受重视程度可想而知，全局抽调上百名民警成立专案组，在全市范围内展开盘查、搜捕。我们刑侦处全体人员立即投入案件侦破工作。当时条件下，没有手机、网络和生物检材检测技术，侦查破案全靠摸排、守候和发动群众。要抓获杀害民警的犯罪嫌疑人，首先要弄清他的社会关系，但是犯罪嫌疑人在审查站连真实身份都不交代，更不用说弄清楚他的其他情况了。在这种条件下开展抓捕工作，无疑是大海捞针。幸好犯罪嫌疑人在关押审查的时候被采集了人像和指掌纹信息，这些成了认定嫌疑人的唯一信息。

我们从审查站嫌疑人的室友入手，询问他们平时和嫌疑人的聊天内容，以期从中发现蛛丝马迹。经过反复的启发和询问，一个室友终于反映出一条线索：听嫌疑人的口音，他好像是四川、湖北交界沿长江一带的人。这个线索让我们异常兴奋，因为起码确定了这根“针”是在大西洋还是印度洋。大队领导立即召开会议，兵分三路开展工作，第一路是沿陇海线到兰州，第二路到四川省，第三路到湖北省，主要工作是深入每一个公社派出所和关押、劳教犯人的场所开展排查工作，从中发现嫌疑人踪迹。这项工作其实就是协查，现在通过内网发协查通报就可以，但在当时只有利用民警的一张嘴、两条腿。

我当时被分到了四川工作组，沿长江一个县一个县地开展工作，和我一个小组的是同事黄云山。因为当时县城通往各个乡镇的汽车很少，每天往返只有一班，我们两个大部分时间都是步行一个公社一个公社地排查。夜里刚下过雨的一天早上，我们两个顺着一个泥泞的河堤去云阳县（今属重庆市）的一个公社开展调查工作，深一脚浅一脚正艰难地走着，

不知从哪里蹿出来一条野狗，冲着黄云山咬来。我们猝不及防，赶紧向前跑，泥地里跑太费力了，根本甩不开饿得两眼冒光的野狗。黄云山的塑料凉鞋带子都被黄泥粘断了，还被野狗一口咬在腿上，顿时鲜血直流。在我大声叫嚷并捡到一根树枝拼命挥舞的阵势下，野狗才恋恋不舍松口离去。我们坚持赶了五六里路，就近在公社医院包扎了一下。黄云山的腿肿得已经无法工作了，我们只好就地休息，并到邮电局和队里的领导汇报了情况，领导指示让他回郑，让我就地等新队友。第二天一早我就把他送上返回县城的班车，再转火车回郑州了。我一个人在一个陌生的镇子实在无聊，就一个人又走了30多里路，把最后的一个公社工作做了，返回云阳的一个小旅馆等战友。晚上，我一个人在旅馆阁楼昏暗的灯光下，对着地图回忆十几天来在四川走过的每一个地方，突然发现云阳上面的一个县——奉节县（今属重庆市），有一项工作漏掉了，这对于缜密细致的侦查工作来说可是一个不小的失误，便决定第二天去把这个县的工作补上。

在向奉节县公安局民警介绍案情的时候，一名民警反映，城郊有一个青龙公社，公社附近山上有一个青龙硫黄厂，是个劳改场，建议我到那里看看，也许会有收获。

1951年4月奉节县公安局一名干警、两名战士押解着10名罪犯开进了奉节县青龙乡金凤村刘家田大沟湾，创建了四川省奉节县公安局劳改硫黄厂，后改为四川省地方国营青龙硫黄厂，对内称四川青龙劳改支队。（随着矿源的枯竭，1996年青龙硫黄厂整体搬迁到万州市，并易名为“四川省三峡监狱”，1997年重庆直辖后改为重庆市三峡监狱。）

听了奉节县公安局民警的介绍，我想立即动身前往。那个民警急忙把我按到凳子上说：“每天上山的班车只有一趟，还是早上七八点钟，你明天一早从县城坐班车赶到青龙公社就行，现在去上不了山，只能在山下挨饿了。”听了他的话，我强忍住性子，在奉节县城的旅馆住了一晚，第二天一早便乘车向青龙硫黄厂奔去，坐着硫黄厂破破烂烂的中巴通勤车，晃晃悠悠沿着陡峭的盘山路向山里蹒跚而行。到硫黄厂劳教科后，我拿出犯罪嫌疑人的照片，还没等说话，硫黄厂的民警肯定地说："这是我们这里逃跑的一个劳改犯，叫伍国锁（化名），小名孬孩儿。"我用怀疑的眼光看着他，心想："哪有这么巧的事情，这个人估计有点儿'喷'吧。"他见我不信，有些急了："我是有三十多年党龄的老党员了，会拿这样的事情开玩笑吗？孬孩儿在劳教期间是在我看管的大队，他左手无名指少一截。"这句话一说，我彻底相信了，我清晰地记得犯罪嫌疑人指纹采集卡左手无名指位置写着两个大字："缺指"，于是急忙借劳改场的电话向黄金山科长报告情况。可能是通话质量不好，加上我过于兴奋，说话语无伦次，以至于连续重复了两遍才勉强把事情说清楚。黄金山科长听了也很兴奋，大声说："你先在奉节县等着，我们马上赶过去。"

接下来，破案中心就转移到了奉节县。先期赶来的黄金山科长带我们到奉节县法院查阅判决书，弄清楚了他的家庭住址（巫山县）和社会关系，并了解到伍国锁是个孝子，每次外逃之前，都要悄悄潜回家中与父母告别。根据这个情况，专案组决定围绕伍的父母开展守候抓捕工作。全队人马全部赶到奉节，分多组部署在巫山县的所有出入口开展守候工作。经过前期的工作，伍国锁的容貌已经深深地刻在了我们每个人的脑海中。白天，我们化装成路人，在马路上溜达，或乘坐过往车辆，悄悄寻找要抓捕的目标；晚上，我们潜伏在伍家附近，隐蔽观察。过了七八天，所有参战民警已经疲惫不堪，对这个守株待兔的抓捕方案产生怀疑的人越来越多。专案组经过讨论，决定将搜捕范围扩大到伍的所有社会关系。

修改抓捕方案的第二天，刑侦大队民警王宝兴、宋厚宇二人一组坐长途汽车到陕西省安康县（今为陕西安康市汉滨区）做搜捕工作。宋厚宇穿警服（由于时间紧没来得及换便装）坐在驾驶员身后的一个座位上，王宝兴坐在车门口向后一排的位置。车快到安康县城时，一个个头矮小、衣着很脏的人在路边招手。等车停稳，车门打开，这个人看见穿警服的宋厚宇犹豫了几秒，售票员嚷道："你坐不坐车，不坐别耽误工夫。"宋厚宇由于太累,抱着书包在打盹儿,没有回头。那人见穿警服的没有在意，便上了车，有意转身脸朝后站在车门处，右手拎着包，左手插在裤袋里。王宝兴下意识地瞅了他一眼，身上的汗毛立即竖了起来："这不是我们日夜追缉的伍国锁吗？"当时兴奋而又紧张的心情让王宝兴的大脑一片空白，他看看宋厚宇还在打盹，根本无法提醒他，自己便慢慢冷静下来，暗暗盘算如何将伍制服。正在这时，大巴车在坑坑洼洼的道路上颠簸起来，伍国锁站立不稳，左手从裤袋中抽出，抓在了门口的立柱上，缺一截的无名指在王宝兴的眼里放大了。他一个箭步冲到伍国锁身旁，在对方还没任何反应的情况下，一个锁喉将其摔倒在地。这时候宋厚宇才发现情况，大声嚷着："我们是警察。"两人一起用嫌疑人的腰带和鞋带把伍国锁绑起来，押到安康县看守所，办了羁押手续，随后向在巫山指挥的黄金山科长做了汇报，一起将伍押解回郑。

这起大海捞针的案件，现在回想起来，当时在案件没有任何头绪、侦查手段非常落后的情况下，能够将案件顺利告破，主要依靠的是民警坚忍不拔的意志和强烈的责任感。只要每一名民警都具备这样的品质和精神，这个队伍必将是"骁勇善战、战无不胜"的尖刀队伍。这就是我们郑州刑警多年来传承和发扬的"忠诚、担当、敬业、奉献"精神的体现。

（本文由张友军口述、李智慧整理）

张艳峰 男，汉族，中共党员，大学文化，1975年4月出生。籍贯：河南省灵宝市。2003年4月参加公安工作。现任郑州市公安局刑事科学研究所五大队教导员，三级警督警衔。

“12·5”大案剪影

张艳峰

重大案件的侦破就像过去的人工打井。很多时候，有许多人刚开始挖井时费了九牛二虎之力，也挖了十几米甚至几十米，没见到水就放弃了，也许下一米就见到水了，但他们没坚持。只要你相信下一米就能见到水，并且持之以恒，就能打出一眼好井，破案也是如此！

郑州积压16年之久的1999年“12·5”银行抢劫案，在2015年10月24日告破，五名嫌疑人全部到案。此案的侦破在全国范围引起巨大反响。一个多月过去了，我的内心仍不能平静，案件侦破中的艰辛，破案后的兴奋都使我终生难忘，这其中发生的几件小事尤其记忆犹新。

西平排查不能忘记的“老基酒”

“12·5”案件有明确的侦查方向是在2014年12月17日上午11时

左右，下午 2 时开会研究并成立专案组，下午 5 时左右犯罪侦查局李保彦副局长带队一行八人，向西平出发，晚上 8 时左右到西平县。就在那天晚上吃饭时，我第一次接触到“老基酒”，没想到在西平排查的三四个月没少和它打交道。

记得 12 月 17 日那天晚上很冷，到西平后，作为东道主，西平县刑侦大队大队长请我们一行八人去当地一个叫“铁谢羊肉汤”的小饭店吃饭，拿了两瓶很贵的“老基酒”（约 200 元一瓶，黑瓶，很精致）。我很少喝酒，在郑州也没见过甚至没听说过这个酒名，好奇，特意留意了一眼。市公安局犯罪侦查局除了我和李副局长在场，其他人都是别的侦查部门的，几乎都是我的领导或兄长。也不知道是天冷还是激动，在给别人倒酒时，我不小心将李副局长塑料杯里的酒碰洒了，旁边的同志随口就说：“看看，几十块钱没有了。”我当时有些尴尬，但记住了“老基酒”。

接下来的排查工作乏味而艰辛，天天泡在小村子里，白天见不到人，晚上挨家挨户带着家谱和样本采集工具串门。村干部就是我们的依靠，头几天当地派出所有交代，村干部还算跑得快，三天、五天过去，见我们还不走，就有点儿烦了，开始不接电话，不配合。没村干部干不成事，没办法，我只好拿两瓶“老基酒”、买点儿凉菜去人家家里套近乎。到后来天天中午管饭，下午才能找到人，中午吃饭还是少不了“老基酒”，价格也从第一次接触的 200 元一瓶降到 30 元一坛子 1 千克。村干部酒量大，两口一杯很吓人，我们不行，留两个清醒的下午干活，一两个陪酒。我不胜酒力，经常是干活的，但有一次一位同事不舒服，我陪酒，两杯下肚，火辣辣的，随后吐酒，吐得一塌糊涂。第二天中午吃饭，照旧，那位村干部老哥见面随口就一句：“喝什么，还是老基酒吧。”“还是老基酒吧。”我们重复一句，大家哄堂大笑。

“老基酒”的厂址就在我们排查的西平县范坡管理委员会，每天上午整个空气中都弥漫着酒糟的发酵味道，我不喜欢，它让我想起我小时候放牛时新鲜的牛粪味。

西平工作的这几个月，算是把我的酒量提高了，但当时提到“老基酒”三个字，就想吐，不过现在闲的时候又想起那个味道还想喝点儿。

提供重大线索的“小石头”

如果要说在侦破“12·5”案件中的有功群众，我想西平县某镇小坡村的“小石头”应该算首功。“小石头”年龄并不小，身份证显示是1965年出生，50岁，但看上去应该60多岁快70岁的样子，大名石旺财。从小村里的人喊他“小石头”，一直喊到现在，唯一能跟“小”联系到一起的是他的身材很瘦小。

我们是9月中旬查到“小石头”的，当时他的样本检验说明，嫌疑人很可能在他的族群内，但该村就这一家姓石的，该镇也不过三家姓石的，“小石头”被排除，追踪族群来源就成了关键。但四个月的工作经验告诉我，要想追踪到族群来源，必须得下一番功夫。到农村做群众工作，村干部比我们更有办法。为打消“小石头”的疑虑，村干部提出以抗战胜利七十周年寻找老红军为名去做工作，老百姓容易接受。

村干部说“小石头”家很穷，中华人民共和国成立之前其父亲跟随其大伯逃荒到此地，刚开始是给富农家推磨的，其大伯死得早，“小石头”的父亲就和嫂子一起过，后来有了“小石头”。但这一家从何地逃荒到此，还真说不清。村干部找来了“小石头”和我们见面。第一次见到“小石头”时，他的穿着明显比其他人破旧，很局促，我要和他握手，他说：“我手脏，让我洗洗。”满院子找水龙头洗手，然后很正式地和我握手，很显然他把我当成省城下来的干部。听说我们是找“老红军”的，明显感觉到“小石头”的激动和兴奋，喋喋不休地向我们反映他所了解的一切：“听父亲说起过，我们是从汝南逃荒来这里的，具体是从哪里来的记不清楚了，记得父亲临死前说过祖籍地，当时我记在一个小学算术作业本上，感觉没什么用，随手放起来了，十几年都没见过了。”为了找到族群中的“老红军”，“小石头”主动提出回家找，我们要和他一起去他家找找。可能是怕家穷让别人看见，“小石头”没让我去，我担心出现差错还是跟着过去了。“小石头”家只有破败的四间房、一台小电视，翻箱倒柜半小时过去，他终于在床上破席子下面拿着了一个算术本出来，上面清晰记录着“小石头”一家是从汝南西 12.5 千米宿鸭湖附近迁来的，同时还记录着“小石头”父亲、伯父、爷爷等好几辈人的小名。

正是依靠这条记录，我们最终排查到犯罪嫌疑人石某群家族所在地，从而顺线追查到石某群及其团伙成员详情，一举破获了这起尘封 16 年之久的惊天大案。为此，我们应该感谢“小石头”。

高速路出口的喜鹊

怀着无比兴奋的心情，我们一刻不停，从平舆往汝南赶，下午 5 时多快到汝南收费站出口。就在下高速路的匝道处，有一只喜鹊稳当地站在路中央，我们的车走到很近它才飞走，我和梅哥齐说 :“喜鹊，喜鹊，看来案件要破了！”

接下来，一切都没怎么走弯路，到汝南排查出一些石某群的消息，到驻马店后石某群的嫌疑进一步上升，同时摸排到他的同伙余某收、李某利。收集石某群家族成员的烟蒂，调查访问出石某群和情妇有一私生子在郑州做亲子鉴定，寻找出做亲子鉴定的机构，找到生物检材数据，认定石某群作案。一切都势如破竹，一天一个样，迅速而准确。

大家说说，是不是“喜鹊”带给我们的好运?

等待结果时的丸子汤

10 月 16 日下午 6 时，我们收集到石某群大哥的两枚烟蒂，晚上连夜赶赴郑州做检验。这两枚烟蒂做出来的数据是否能比中，能直接说明是否破案。一路上我们没说话，我不敢想，万一没比中，那可不就傻眼了，折腾了好久，领导们都知道了，到时怎么说。

当晚，我和翟迎科副局长在刑事科学研究所化验室，把两枚烟蒂像宝贝一样交给技术员王磊，叮咛 ：“你可得做准确啊，有结果第一时间告诉我。”

回家，一路忐忑，一夜难眠，就像高考马上要发榜。

第二天一早，我送儿子去辅导班，7 时 30 分我给王磊打电话，没人接，手机也没有收到任何信息。“是不是生物检材没比中，这小子不好意思告诉我？”我心里一沉，“这可怎么办？”送过儿子 8 时左右，在工人路一家“博爱丸子汤”喝汤，平时爱喝的丸子汤，今天怎么也喝不下去。急人啊，一年的功夫啊……我开始胡思乱想起来。就在这时电话响了，梅哥齐打来的，说比中了。“比中了”这几个字比什么都好听，我大口大口地喝完丸子汤，美味无比，简直是世界上最好喝的丸子汤，然后兴高采烈地哼着“咱老百姓啊今儿要高兴”骑车回家。

一路上，一切都美好，阳光明媚，和风徐徐。我实在太激动，给马局长发个信息分享心情，马局长给我回个“大拇指”。

天网恢恢，疏而不漏！等待犯罪嫌疑人石某群等人的，势必是法律的严惩！

翟迎科 男，汉族，中共党员，大学文化，1966年9月出生。籍贯：河南省汝阳县。1985年7月参加公安工作，历任郑州市公安局刑侦支队刑事科学研究所技术员、主任、副所长、所长职务，现任郑州市公安局犯罪侦查局副局长，一级警督警衔。

重温“12·9”

翟迎科

人生就像一幅画卷，有时需简单勾勒，有时当泼墨而成；有时多彩绚烂，有时水墨更宜。这幅画，他人欣赏的是高山大河气势磅礴，而我更钟情于三九严寒踏雪寻踪，这才是我人生画卷上最美的风景、最大的财富，只因它存在于记忆的最深处。

每次有机会结束一天的工作，把自己一个人关在书房，蜷在椅子里，是我最为放松的时候。而今天，看着桌上泛黄的照片，使我又不由自主地回想起了2000年的12月9日……

2000年的郑州正值多事之秋，社会形势十分复杂，特别是相继发生的抢劫银行案件，久侦未破，给郑州造成了恶劣的经济和社会影响。雪上加霜的是，2000年的12月9日下午4时50分左右，又发生了一起抢劫银行案件，而且有人员伤亡。当时有四个蒙面人持枪进入银基商贸城，闯入位于一楼的广东发展银行营业部，用爆炸装置将柜台的防弹玻璃炸开一个洞，后持铁锤将防弹玻璃砸掉，跳入营业柜台内，抢走当天208万多元营业款后逃离现场，在逃离现场过程中，持枪将银基商贸城保卫处副处长常某杰杀害。

直面危险，精心勘查

当时我在刑事科学研究所痕迹室工作，主要负责的就是郑州市的各类重特大刑事案件现场的勘查工作。当天在接到报案后，我和当日值班人员一边赶赴现场，一边上报相关领导，请求排爆、技术等方面的支援。到达现场，听完案件的基本介绍后，我的内心不由一阵悸动，现场还有5个未被引爆的危险装置！经过和现场勘查指挥员商讨，我们确立从外围到中心、从地面到空间的勘查顺序。之所以这样做，一方面是尽最大可能减少外围痕迹物证的流失，防止人为原因对痕迹物证造成破坏；另一方面是等待排爆专家的增援，防止二次爆炸等危险可能造成的人员伤亡和人民群众人身、财产的损失。

经过26小时连续不断的周密的现场勘查，我们刑事技术部门共发现7大类28种63件物证；同时针对爆炸现场的特点，完成了数据测算、测量工作。

确定枪支类型，确立侦查思路

针对现场提取到的枪弹类物证，经过细致检验、查阅资料和现场试验，我们初步确定了枪种。因为“12·9”案件作案枪支的种类一直是各级领导十分关注的问题，为了进一步确定枪种，保证结论的科学、准确，同时弄清其销售的地域和人员范围，为侦查提供有效的思路，根据专案组指挥部的安排，我们需要到相关厂家去进行调查研究。

2000年12月24日，我把湖南益阳资江机械厂和湖南轻武器研究所选为第一批目的地。到达湖南后，我见到了枪支设计的总工程师贺坚、邹湘京等专家，向他们介绍了郑州的案情后，得到了他们的大力帮助，开展了对枪支设计的图纸、枪支部件所用的材质、加工的工序、加工的工艺等方面的综合研究，从其库存枪支中随机抽出 30 支猎枪进行射击取样并进行仔细检验，从共性中找个性，从普通中找特殊，去粗取精、去伪存真，终于找出了枪支射击痕迹的特征。随着研究的深入，枪支射击痕迹的比对条件越加清晰，对自己的判断也更加自信。经过一周的检验、分析、比对、研究后，我最终确定“12·9”案件罪犯使用的枪支就是湖南轻武器研究所生产的“盾”牌唧筒式五连发猎枪。

为了进一步证实结论的可靠性，防止由于自己的工作失误而将侦查工作引入歧途，按照专案组指挥部的指示，2001 年 1 月 8 日，在寒风刺骨的冬季，我背着物证样本，相继到北京和哈尔滨，请求专家对检验结果进行复核。在公安部物证鉴定中心，我向枪弹专家周其煌、马新和及公安部特聘专家崔道植先生详细介绍了郑州“12·9”案件的基本情况，以及现场提取到的痕迹物证和枪支类型认定的依据。专家组认真听取了我的汇报，并询问了情况，后又经过现场试验对检材和样本进行了比对检验，复核通过，对检验结论的准确性进行了肯定。

枪支类型的确定，为专案组指挥部制定“以枪找人”的工作方针提供了科学的依据。与此同时，“盾”牌唧筒式五连发猎枪的销售范围和销售对象的工作情况也向专案组汇总过来，至案发时止，河南境内共有 400 多支。至此，工作思路更加清晰，对于这 400 多支猎枪的检验将成为突破案件的一条有效途径。

检验“盾”牌唧筒式五连发猎枪

专案组确定侦查思路后，侦查员开展了对“盾”牌唧筒式五连发猎枪持有者的排查工作，排在第一位的首先是郑州本地人。对于每一支送检的枪支，我们都认真进行登记、检验。尤其是对那些生锈、损坏的枪支，更是提高警惕、如履薄冰，想尽一切办法进行射击取样检验，生怕由于自己的失误贻误战机，给案件侦破造成障碍、增加难度。从严冬到酷暑，趴在比较显微镜下，前后共检验了293支嫌疑枪支的检材1000余枚。

2001年6月13日凌晨5时许，“12·9”案件犯罪嫌疑人张书海受惊外逃，侦查人员在其住处搜出一支“盾”牌唧筒式五连发猎枪。我们立即对嫌疑人住处的嫌疑枪支进行了检验。当检验完成的那一刻，我终于看到了梦寐以求的结果，胸中闷气一呼而出，这一刻，所有的付出都是值得的。

我很肯定地向专案组汇报了枪支检验的结果。至此，历时半年，枪支检材检验的工作终于在我手中画上了完美的句号。

“12·9”案发后的139个日日夜夜，万余名公安民警众志成城，排查足迹遍及全国14个省、100余地市，查证线索1974条，先后汇集了来自公安部等全国知名刑侦专家、痕迹专家、方言专家和爆破专家参与侦查，侦破六起六落。最后，张书海、张玉萍、张小马、张宏超、张世镜、王雨、王志昆等犯罪嫌疑人被抓获，带破1997年“11·19”、1999年“3·3”系列抢劫银行案。

“丁零零……”微信提示音唤醒了我，看了看时间，我站了起来，看向窗外。

长路漫漫，任重道远，我将一如既往地探寻、坚守、前行……

李智慧　男，汉族，中共党员，大学文化，1976年9月出生，籍贯：河南省禹州市。2000年3月参加公安工作，现任郑州市公安局犯罪侦查局政治处副主任，二级警督警衔。

旅　途

李智慧

人生是一段漫长的旅途，无法预料前方，无法预知终点。我们能做的只是把沿途的风景收藏为美好的回忆。十五年前我穿上警服，便注定踏上了跋山涉水、百舍重趼、宿雨餐风、迷雾重重的旅程，在这十五年的旅途中，想记住的太多太多，只是时光的脚步太匆匆，那些远去的曾经早已在岁月的长河中跌落，跌入泥土化作一抹尘土。但一直有一粒尘埃在太阳光照射下，在我脑海中闪着绚烂的光芒……

刑警是所有公安工作中最累、最苦又不乏刺激的警种，对于每一个从事过刑侦工作的警察来说，在不同的从警征途上，都是有故事的人，或多或少，或惊心动魄或平淡坚守，或抽丝剥茧或慧眼独具……

回忆自己的刑警旅途，过去的点点滴滴仍历历在目，一旦打开了思想的“闸门”，思绪就会像洪水一般汹涌而来，我仿佛又回到了十五年前。

那时候，我还是一名门外汉，1999年从非公安院校毕业后，怀揣着警察梦，走进了警营，三个月的集训，三个月的实习，最终被分到了郑州市公安局刑侦支队（现更名为犯罪侦查局）这个有着光荣传统和辉煌战绩的市级刑侦部门工作。

作为警察没干过侦查破案肯定是遗憾的，所以我是在一道道羡慕的眼神中被漂亮、动作麻利的师姐带回支队的，在支队又被分配到当时的一大队（现有组织犯罪侦查支队）工作。在等待一大队内勤领人的过程中，我想象了无数个欢迎场景，设计了无数个自我介绍，但是来领我的师兄见面后就说了一句话："走吧。"就把我这个"初生牛犊"从支队带到了一个隐秘的宾馆，并安排我在一个房间住下，然后就引荐我跟着一名老同志工作，完全没有影视剧中的那些"高大上"的欢迎场景，整个过程没有一言片语的废话。这难道就是刑警队？怎么在宾馆办公？怎么没人穿警服？在这个宾馆里，没有人热情地给我答疑解惑，所能接触到的几名同事也只见忙忙碌碌的身影，唯有在吃饭的时候才会听到他们的几句玩笑话。后来，我才明白，郑州市1999年12月5日发生了一起严重的抢劫银行案，一大队的人都上了该案件。当时，市公安局找宾馆设立大型专案组是一种常态，方便集中、封闭管理，专案组刑警办案、吃住都在一起，案件不破根本不可能回家。

烈火炼真金，战地出英雄，只有实践才是锻炼人、塑造人、检验人的最好方式。就是在"12·5"专案组工作期间，我从一个啥都不会的毛头小伙，逐渐学习走访、学习记笔录、学习讯问、学习取证、学习分析……奔赴一座又一座陌生的城市，经历了一次又一次蹲点守候、抓捕审讯，度过了一个又一个不眠之夜。

那几年的郑州治安环境较差，大案要案频发，特别是银行抢劫案，"12·5"案还没破，2000年12月9日就又发生了一起持枪抢劫银基商贸城广发银行的案件，商贸城一名保卫处副处长被杀害，现金人民币

208 万元被抢走。社会的恐慌，上级的质疑，领导的压力，刑警的荣誉，把全市刑侦民警压得喘不过气来。我像一只小鸟，整天在暴风雨中奋力扇动着弱小的翅膀，因为我一直跟随一群搏击长空的雄鹰在战斗，稍不努力就会掉队，甚至跌落。当时工作是生活的全部，我真正理解了大禹“三过家门而不入”的苦衷。2001 年的春节，队里照顾家在外地的民警，让我们抽空回家陪家人过年。我是大年三十回的，顶风冒雪，赶最后一班长途汽车，到家已经是各家吃完年夜饭、围坐观看春节联欢晚会的时间。在家陪父亲过了初一，初二我就又赶回专案组，初三便背上行囊，跟随专案组吕队长直飞温州，去调查一条重要线索。在这充满祥和、喜庆和团圆的农历新年里，我却生平第一次与家人短聚就离别，那种撕心裂肺般的忧愁，成为我从警生涯最苦涩、最煎熬、最难忘的回忆，但也渐渐地适应了这种状态。

初三中午，飞机在温州永强国际机场降落，机场上没有了昔日熙熙攘攘的景象，只有一群脚步匆匆的人拉着大大小小的行李箱，奔向亲人期盼的方向。我们走出机场，打了一辆夏利出租车，在一路鞭炮声中来到一个小渔村。路上全是穿新衣拖家带口走亲戚的人，每个人脸上都洋溢着幸福和满足。在渔村，招待我们的是吕队长的朋友老黄，他家正好当天亲友聚会，由于街上的饭店都还没有开门营业，我们也就在主人热情的邀请下，坐在了一桌丰盛的午餐前。因为我们饭后要从温州赶 300 多千米的盘山路到衢州十里峰监狱提审在押犯（当时还没有高速），长途车停业休息，买火车票又等不及，出租车不跑长途。吃饭过程中，吕队长一直和老黄交流借车的事情，后来老黄叽里咕噜一通电话，告诉吕队长：车的问题解决了，马上开过来。我们才安心地吃了几口海鲜佳肴。

下午 3 时许，吃完饭，我们从老黄家出来，准备出发，问老黄车在哪里，老黄伸手向对面一指。我顺着手指的方向望去，只见远处停着一辆齐头东风货车。我悄声对吕队长说：“不会是那辆货车吧？”吕队长肯定地说："不会，最少也得找辆普桑吧。"说完扭头问老黄："车还没过来吗？"老黄又一次指向马路对面，马路对面孤零零停着那辆身材硕大的东风货车。面对吕队长疑惑的眼神，老黄解释："有车的人家都要用车走亲戚，货车春节不营运，只能委屈你们了。"我瞬间崩溃，大货车、山路、夜晚，这是玩命呀！吕队长整理了一下思绪，哈哈一笑："走，车高视野好，这车也好开。"

什么事情都是说比做容易。吕队长小心翼翼发动、起步，在第一个急转弯就险些滑进右边的深沟，我俩惊出一身冷汗。吕队长的表情紧张起来，双手紧紧抱着方向盘，上身前倾，双眼紧盯前方。我双手紧握副驾驶座上的拉手，满手都是汗，狭小驾驶室内的空气都要凝结了。过了一段时间，吕队长驾驶得越来越熟练了，但是一会儿一个急转弯，不远一个减速标志，车速始终在三四十千米每小时徘徊，我们的心始终悬着放不下来。天慢慢黑下来，我们的车也渐渐进入了大山深处，微弱的车灯只能照亮车前几米距离，周围都是黑乎乎的。转弯时，车灯照在石头上，我才能看清是峭壁，车在坑坑洼洼的路面上颠簸，我们不时从座位上蹦起来，头撞在驾驶舱顶上，疼得我龇牙咧嘴。但是，我始终没有忘记自己的"神圣使命"，一直盯着吕队长的眼睛，因为吕队长交代我："要一直观察着我的眼睛，如果迷离了，就给我倒一粒降压药。"回想起来当天晚上没有一点困意，现在看来是紧张所致。夜里 11 时多，我们赶到一个小镇，看到一个还亮着灯的小酒馆，几个当地人还在喝酒对大笛，我们也顺便犒劳了空空的肚子继续赶路。终于在凌晨 5 时左右，我们赶到了十里峰监狱门口，由于监狱还没有上班，车一停好，我们马上躺在座椅上进入了梦乡。

上午上班时间一到，我们敲开了监狱来访登记室的门，一名五十多岁的司法警察带着疑惑的眼神看着我们，我们递上介绍信，并把来的任务和原因向他说了。他满嘴的佩服话语，迅速给我们办理了手续。我们提完嫌疑人，弄清楚了当年郑州一起持枪抢劫案的详细情况，电话向马会强副支队长汇报后，告别热情地送我们出门的狱警。当他看到我们是开着一辆货车来办案的，惊愕的嘴一直到我们的车开出好远都没有合上。任务完成，在衢州休整一晚，我们好好补了个觉，初五一早又驾车赶回了温州。由于返程时是白天，我沿路欣赏了有“东南第一山”和“寰中绝胜”之称的雁荡山美景，也看清了沿途全是一面峭壁一面悬崖的险峻路段，心里后怕不已。

从温州赶回郑州，我们立即投入这起持枪抢劫案件的侦破中。由于在逃嫌疑人使用的枪支唧筒式五连发猎枪和“12・9”银行抢劫案件中的作案枪支一致，此案件作为“12・9”案件的重要线索被全力侦破，虽然抓获的几名犯罪嫌疑人最终都排除了参与银行抢劫案件的嫌疑，但是却打掉了一个长期作案、危害一方的抢劫团伙，破获了一系列抢劫案件，这也是在“12・9”案件侦破过程中打掉的最大的一个犯罪团伙。

现在我虽然已离开侦查岗位十年有余，但一到春节，我就会回想起那辆在崇山峻岭中穿梭的卡车，那些沿途各家亮起的盏盏温暖的灯，以及那张惊愕的大嘴。

刑警生涯是一段充满风雨、荆棘的漫长旅途，既然选择，就要义无反顾背起行囊，带着欣赏风景的心情，一路前行！

王恂如 女，汉族，大学文化，1963 年 4 月出生。籍贯：河南省郑州市。1986 年 7 月参加公安工作。曾任郑州市公安局刑侦支队刑事科学研究所文检室主任，现任郑州市公安局犯罪侦查局刑事科学研究所副主任科员，二级警督警衔。

一个人的“战役”

王恂如

每个人一辈子都要经历大大小小的“战役”，常以胜负、规模来衡量其成就。然而只有当事者明白，以数倍于敌人的兵力碾压对手并不会给自己带来过多喜悦，反而是破釜沉舟后的以少胜多或者命悬一线时的绝地反击更刻骨铭心。刑事技术工作虽然比不上一些大场面，但是却让我一遍遍回味、思忖，心生波澜而又荡气回肠。

回想起来，我也经历过几次这样的鏖战。

到现在我还能清楚地记得事发当天的每一幕情景。2000 年 12 月 9 日周六下午 5 时，对于许多人来说，这或许是生活中一个极平常的时刻。当时我正在厨房准备晚饭，打算给爱人和闺女做我最拿手的酱排骨，吃完饭以后一家人去看看父母。临近年关了，平时忙这忙那的，我们好久没回父母家尽尽孝了，想起来难免有些自责。这时，急促的手机铃声响起，我预感到一丝不妙，惴惴不安地拿起电话，耳边传来熟悉又急切的声音："小王，这有个银行被抢了！你赶快过来！火车站这边的银基商贸城西门口的广发银行，你抓紧时间，案情比较复杂！"这是时任刑侦支队副支队长张国民的声音，他刚刚跟我说什么来着？脑袋还没反应过来到底是什么事，"嘟……嘟……嘟……"的忙音就已荡漾开来。一定是出大事了！虽然不知道事情到底有多复杂，但我很清楚，如果只是一般的案件，不至于让张支队长这般局促。我匆忙披上大衣，简单地跟爱人交代一句，急忙冲到楼下，拦上一辆出租车，直奔现场而去。

我赶到现场时大概是 17 时 50 分，现场周围早已拉上了警戒带，距离警戒带数十米的地方都空无一物，看不到哪怕一个走动的行人，大家都驻足在足够远的地方，或默默注视，或小声低语。见我过来了，张国民副支队长简要地向我介绍了案发时的情况，并着重说："刚才我们在现场勘查中提取到了五个未引爆的爆炸装置。这几个爆炸装置都是自制的，上面或许会遗留下嫌疑人的痕迹，你现在的任务就是和排爆人员一起将提取到的爆炸装置及其他现场物证迅速带回实验室进行处理，争取提取到犯罪嫌疑人的痕迹物证。""是！"接到任务后，我和实验室的李冬及两名排爆专家一行四人带着爆炸装置和其他遗留物，乘警车迅速奔赴实验室。

回单位的路上，我的内心一直无法平静。这几年来，郑州已经发生过不止一起抢银行案件，如"1997・11・19"郑州市电信局淮河路营业大厅特大持枪抢劫案、"1999・3・3"郑州建设银行淮河路支行交通路储蓄所发生持枪抢劫爆炸案等。这些未破案件在社会上均造成恶劣影响，不光人民群众的安全感无从谈起，恐怕郑州的金融体系也再不能承受这样的摧残了。一路上我越想越感到责任重大，压力也是陡增，一心想着要尽最大努力在这些物证上提取出痕迹物证，自始至终都不曾想到车上还有五个随时可能引爆的爆炸装置；自始至终不曾想过自己其实正走在悬空的钢丝上，命悬一线。

直到进了实验室，把爆炸装置一个个放在实验台上，我才意识到自己刚刚经历了什么。自然界的万物，其实早已进化出一套趋利避害的生物属性，包括我们人类在内。须臾之间意识到自己会死，可这恐惧甚至还没来得及弥漫就已烟消云散——敌人的“死穴”就在这几个爆炸装置上，必须尽最大努力从这些装置上找到可以证实犯罪嫌疑人的线索。一时间，我仿佛看到一身戎装的自己正在战场上跟敌人厮杀，雨混合着血花、黄沙，泼洒；风摇曳着旌旗、战衣，飘扬。

五个爆炸装置均为自制，上面遗留嫌疑人痕迹的可能性极高。我向排爆专家分析说明了痕迹最易在哪些部位留下，排爆时尽量不要触及那些部位。排爆专家每解开一层包装，李冬就赶紧扑上去拍照固定。因为物证为易爆品，即便是排爆专家也不敢掉以轻心，我们屏气凝神逐个逐层地拆解，最大限度地保证痕迹物证不遭破坏，为后期的显现提取打下坚实的基础。拆解结束后，排爆专家同我们开玩笑说：“哎呀，这炸弹没拆解完，我脑门上的汗都不敢乱流哇！”一下子放松下来，我和李冬才意识尽管是大冬天，可背部的衣服早已被汗水浸湿了。而且由于情况紧急，我们两个在整个排爆过程中也没有采取任何防护措施，万一某个爆炸装置引爆,即便威力不那么大,后果也不堪设想。刑警是个高危职业，凶险面前没有男女之别，随时都会有牺牲的可能，但值得欣慰的是我们从未迟疑过……

犯罪分子制作爆炸装置使用的均为日常生活中常见的物品，种类繁杂。而我要做的是从这些杂乱无章的物品上提取出肉眼看不到的痕迹物证。

在面对5号爆炸装置外层白色塑料袋时，经过短暂思考，我决定采用最新的技术手段。但我考虑到这个爆炸装置是从现场外围路口的窨井中提取的，污染比较严重，情况比较特殊，不敢贸然采用该方法。我反复模拟实验条件，效果均不佳，让我一时有些手足无措。难道真的没有一点儿办法了吗？

干技术的都知道，早一分钟处理出痕迹物证，就能早一分钟入库比对，或许就能早一分钟认定犯罪嫌疑人。这一段时间，堪比地震后的“黄金 72 小时”，弥足珍贵。但是，这时我却卡壳了。夜已深，全身早已僵硬得不行，神经却不肯放松，思想想要冲开淤塞，脑袋却被憋得生疼。我拿着毛巾用凉水擦把脸，水刚浇到脸上，一个想法忽然从我脑海里冒了出来——用热水漂洗效果不好，能不能换成凉水漂洗呢？带着这个想法，我赶紧跑进实验室，再做模拟实验，行！我小心地用凉水对检材进行冲洗，让人满意的结果终于出现了！三枚清晰度高、特征稳定、反差强烈、具有很高鉴定价值的痕迹物证跃然呈现！太好了，强忍着激动的心情，我赶紧叫李冬进行拍照固定！

可惜的是，那时我市还没有犯罪人员物证信息库，显出的痕迹物证无法在信息库中进行比对。随后的时间里，全郑州市公安民警都调动了起来，向着所有可能破案的方向开展工作。有的按照枪弹类物证查找枪支来源，有的从包装爆炸物的旧报纸入手查找销售区域，有的按照划定的可疑人员年龄范围走家串户、逐一排查。

时间一点一点地流逝着，几个月过去了，就在案件陷入僵局、几乎所有的线索被否定的时候，在一次排查访问中，侦查人员敲开了张书海家的大门，之后对其进行物证提取比对，居然跟我处理出的痕迹物证为同一人所留——2000 年“12・9”特大抢劫银行案件终于告破了！不仅如此，1997 年“11・19”、1999 年“3・3”两起抢银行案件也系张书海团伙所为，这次随着嫌疑人的落网，也一并告破。

近六个月艰苦卓绝的努力没有白费，笼罩在全郑州市人民头上的阴云终于要消散了，所有人都欢欣鼓舞，终于不用再因为这些暴力分子担惊受怕了！而连连遭受打击、惶惶不安的金融系统也终于重拾了信心！

有人说刑警威风凛凛，侦查破案刺激神秘。可是有谁知道，在这些风采和光芒的背后，蕴藏了多少艰难困苦，承受了多少压力。案件侦破中每一步都凝结着我们沉甸甸的付出和努力，现场每一处痕迹物证的提取都是用无数的汗水、通红的双眼、不眠的夜晚换来的。作为一个刑事技术民警，要甘于平淡，要守住寂寞，要默默无闻，更要凛然正气。从警近三十年，当年一起毕业的同学都在各自的领域有了不小的成就，有的进入了国企领导层，有的移居国外享受另外一种生活方式，还有的成了某领域知名专家。回头看看自己，还是一名普普通通的刑事技术民警，一辈子一成不变地站在同一个岗位上。大家聊起来的时候常常有人会替我惋惜，都觉得当初我的选择是个错误。

从某种世俗的角度上来说，我确实不成功，既没有太多的时间享受生活，又没有在工作中取得更多的回报和更高的地位。当然，出现困难的时候我也曾怀疑过自己的选择。但是，人的一生难道仅仅是为了自己吃得好、过得好、为子孙积攒家产吗？我不这么认为——勘查命案现场，通过现场痕迹物证揭露犯罪、证实犯罪、还原真相，使犯罪分子接受公正的审判，那种侠肝义胆、惩恶扬善的感觉，你们可曾体会？勘查爆炸案现场，面对四分五裂的肢体，引发对生命意义的深深思考，激发起对生命的无限热忱，你们可曾体会？勘查抢劫案现场，在自己所学领域排兵布阵，同对手殊死较量，将其绳之以法，这种酣畅淋漓的感觉，你们可曾体会？面对不明真相的群众，通过我们的热心劝说，获得大家的理解、认可、支持，这种被人民群众信任的感觉，你们可曾体会？其实，穿上了这身警服，就意味着脱离了平凡人的平凡的生活，注定了要比一般人承载更多，辛苦更多，然而，你会痛并快乐着！

张铭　男，汉族，中共党员，大学文化，1979年9月出生。籍贯：河南省新乡市。2000年11月参加公安工作。现任郑州市公安局犯罪侦查局一支队副支队长，二级警督警衔。

卡豹出击

张　铭

卡豹是一只优秀的警犬，但是它不会用语言或文字表达自己，只能靠我记录记忆里的一些片段来让大家了解它的赤诚、执着和那种顽强地面对困难并默默忍受的精神。

真情岁月

2000年7月，作为一名新入职的警察，我被单位派往公安部南昌警犬基地学习。理论课上老师的精彩讲演让我对警犬产生了莫大的好奇。但一连几天，我连警犬的面还没见过。教官要求我们必须先掌握一定的基础知识，才可以和警犬“会面”。

一个下午上完课，周教官把我们小组留下。惊喜出现了，一会儿教官要给我们分警犬了，并且第二天就开始半天理论课、半天实践课了！教官还向我们声明，南昌警犬基地培养的警犬全都是我国培育的第二代纯种德国牧羊犬，个大威猛，没有什么优劣之分，因此给各位学员分犬完全是随机的。

一个个响亮威武的警犬名字被教官念了出来，同时对应着我们小组每位学员的名字，我分到的警犬名叫“卡豹”。分派完毕，教官再次叮嘱，第二天他带领学员与各自的爱犬见面，请大家做好思想准备。临走时教官留下了我，他沉吟了一下：“卡豹跟别的警犬不一样——我从它出生一个月后就开始带它了，和我感情很深，想让它接受你这个新主人恐怕有点儿困难。而且它现在刚满一岁，刚成年，凶得很，脾气也倔，你要有心理准备。”

天气很好，几百亩大的基地在太阳的照耀下显得十分宽阔。有教官带队，犬舍里的警犬居然都十分平静。这次培训，似乎直到这一天才真正开始。

教官忽然停步：“小张，这就是卡豹。”话音未落，就听见“呼啦”一声，一条吐着舌头、露着雪白的牙齿、牛犊大小的德国牧羊犬蹿到铁栅栏前，欢快又急促地冲着教官摇头摆尾。我本能地向后一躲，努力屏住呼吸瞪大眼睛看着这位未来的战友。卡豹对我根本不屑一顾，只是目不转睛地看着教官。

“咣当”一声，教官打开铁门，卡豹“嗖”地跃了出来，不住地在教官面前上跳下跳，伸出舌头去舔他的手，教官亲切地抚摸着它的头和脖子。它和教官亲热了一番才稍稍安生，跳起来落地的时候，身子后端轻轻碰了我一下。我头皮一麻，赶紧往教官身后靠了靠。卡豹警惕地微微把身子一收，冷冷地冲我瞥了一眼。

教官嘱咐我们要经常带警犬出去转转，融入大自然，这样人犬才能结合得更好。人犬交流要依靠长时间训练出来的口令来完成，但是真正的最高境界是一个肢体动作甚至一个眼神就能明白对方的意思。

基地后面就是山，我经常带着卡豹去爬山。老乡知道山脚下就是警

犬基地，对我们格外热情。我带着卡豹在山里训练有时候跑得很远，中午就在老乡家里“蹭饭”。吃饱了我就带着卡豹在山里疯跑，累了就躺在草地上休息，偶尔飞过一只蝴蝶或者跳过一只蚂蚱，卡豹都要顽皮地跳起来去捉，落空的时候脸上显出一副失落和不解的神情，我总是看着它憨态可掬的样子哈哈大笑。

秋天金色的阳光暖暖地照在身上，别提多舒服了，21岁的我和相当于人类年纪十六七岁的卡豹，多年后回忆起那段岁月还令我神往。

山里有条小河，那里是卡豹的一道“天堑”。卡豹从小没有经过涉水训练，几次都是走到河跟前小心抬起前腿轻轻点一下水面就赶紧收回去。终于有一天我豁出去了，到了河边直接跳下水去游了过去，卡豹在河对岸着急得直打转，这正合我意。我在河对岸大叫：“卡豹，游过来！卡豹，游过来！”卡豹一急之下，终于下了决心“扑通”一声跳进河里，用它那生硬的“狗刨”动作勉强游过了那条小河。从此之后，我们可以跑得更远了。

每次晚上回来，我把卡豹带进犬舍关好铁门，在我转身离去的时候，卡豹渐渐地从漠不关心到开始恋恋不舍地看着我再到两只前爪扒在铁门上不愿让我离去。我们的感情就这么慢慢建立起来了。

充实愉快的日子就这样一天天地过去。

天慢慢凉了，单位领导来基地看望我们，也顺便对我们进行考核。不出意料，我们都顺利地通过了考核，收拾行李，带上爱犬，决定启程告别南昌，回到自己的家乡。

就在我们走出南昌警犬基地大门准备上车的时候，教官突然出现了。卡豹看了看教官，眼神有些疑惑和茫然，我拉着卡豹赶紧上了车，6个月的时间，卡豹终于把我当成了它唯一的主人。一激动，我的眼圈不禁微微一湿，这种心情，只有自己能够理解。

车子开动，渐行渐远。卡豹凝眸望着这块生它养它的地方，起初并没有意识到什么，后来眼看基地渐渐模糊，它忽然汪汪地叫了几声。不过，它也只是这么叫了几声，然后也就不出声了，仍旧用那两只眼睛定定望着基地的方向，一副若有所思的神情。那是它的家乡，也可能是最后的一望，以后，也许再也不会回来了。

站直了，别趴下

2000 年 12 月 9 日，当我们还在南昌警犬基地培训的时候，郑州发生了轰动全国的银行抢劫案。郑州市万名民警的头上，无形中被压上了一座高山。社会上竟然有这样的“段子”：武汉抓住一个抢劫银行的犯罪分子，原来是要到郑州作案的，因为在火车上睡过了点，竟然将武汉当成了郑州！这种略带调侃的“段子”对郑州所有公安民警而言是莫大的耻辱，有些警员的家属都抬不起头，不敢说出自己的亲人是警察。作为郑州警察的一分子，我和同事都憋着一口气，准备着大干一场。

2001 年 6 月 18 日下午，队里忽然接到命令，“12・9”银行抢劫案犯罪嫌疑人张洪超、张世镜、乔红军在南阳方城县拐河镇出现，警犬基地民警全体出动。伴随着警车的引擎轰鸣，大家不约而同地肃穆起来，一种神圣的使命感油然而生。养兵千日，用兵一时，我们和自己的爱犬已经相处和训练了近一年时间，这是第一次执行这么重大的任务！

此时的拐河镇汇聚了郑州、南阳、平顶山三地市 2000 余名警察，集结地黑压压的一片。只要线索可靠，这几名犯罪嫌疑人恐怕是插翅难逃了。

伏牛山下的夜里依然闷热异常，蚊子四处乱飞。卡豹没有半点睡意，两只耳朵直直竖着，眼睛在夜色里闪着绿光。我翻来覆去睡不着，索性起来静静地蹲在卡豹身边抚摸着它。同事真正睡着的没有几个，在这静悄悄的夜里，大家都有心事：只要明天一举捉住那三名犯罪嫌疑人，长久以来憋在心里的那口闷气就可以吐出来了。一直到后半夜，天气渐渐

凉了下去，蚊子似乎也吃饱喝足，刺耳的“嗡嗡”声也逐渐消退。我有了困意，再看看卡豹，它像一张拉满的弓，依然精神抖擞。我拍了拍它的脑袋，躺在警车旁边睡着了。

一阵急促的哨声钻进我的耳朵，我一激灵坐了起来，看了一下表，早上6时。计划有变，当地村民反映，刚刚见到几名犯罪嫌疑人在附近的山上出现，我们需要立即出发。

卡豹早已急不可待，队长的指令刚刚下达，它似乎就明白了。我轻轻地抖了一下牵引带，它立刻纵身一跃，带着我向山脚冲去。

跑到山脚下，我便愣住了，这座山根本没有上山的小路。山势十分陡峭，几乎没有下脚的地方，山体全是又硬又干的石头，在石头缝里倔强地长着一些杂草。卡豹轻轻一跃就开始爬山，而这么陡峭的山坡对于人来说攀爬极其困难，牵引带还在手里抓着，卡豹回头冲我狂叫，似乎是在抗议我这个主人耽误了它的工作。我无奈地放开了牵引带，一声“搜”的口令下达后，卡豹身子一轻，纵身奔跑，而我也手脚并用在后面紧紧跟随。

到了山腰附近，地形越来越复杂，到处是叫不上名字的乱草和树木，有的有一人多高，最矮的也能遮住人的膝盖，各种各样的小飞虫在草丛里飞来飞去，我的胳膊和脖子因为汗水沾满了杂草，痒得闹心。一进入这种区域，不待我下达命令，卡豹立刻自动将直线奔跑改为“之”字形搜索，以扩大搜索面积。

在这种人的视力遭到极大限制的区域，我刚开始激动的心情也渐渐变得恐惧起来，我呼唤卡豹回来，沿着我的前进方向左右辐射各五十米展开搜索。虽然我们有着2000多名民警，但是在搜索的某一个点上，很可能出现一人一犬面对三名歹徒的情况，而且敌暗我明，危险时刻存在。我浑身上下每根弦都绷得紧紧的，尽管卡豹比我敏捷，比我有力量，可事实上我永远是它的主人，是它的主心骨，这个时候我必须和它并肩作战，给它足够的信心和胆量。我一扫之前的恐惧，紧紧跟着卡豹。又搜索了一段时间，我的脸上、脖子上还有胳膊上被树枝、杂草剐出来一道道血痕。看看卡豹，它满身草籽和草叶，但依然马不停蹄地在我周围搜索着，浑身的能量好像终于有了一个可以释放的管道，一旦开始，就再也止不住了。

拉网式的搜索很快将这个山头搜索完毕，翻过山头发现后面还有连绵的好几座山。即使犯罪嫌疑人真的从这里逃跑，那么他们究竟在哪座山上，也只能一座一座搜过之后才知道。我擦了一把汗，使劲拍了拍卡豹的前胸，大声鼓励了它几句，我们又立即转入对下一座山的搜捕。

天越来越热了，草丛间一股股又湿又热的蒸汽不断往上冒，我的衣服被汗水湿透又被太阳烤干，卡豹前胸厚实的毛已经全部被唾液和汗水浸湿，结成一缕一缕的，长长下垂的舌头上满是泡沫和黏液。它的整个身子在快速地一收一扩，像是在大口大口地深呼吸。

搜索已经持续了四小时，我的腿像灌了铅一样挪不动，这时候对讲机里传来胜利的消息。由于我们2000名民警大兵压境，其中一名犯罪嫌疑人顶不住压力，在强行闯出包围圈的时候被设卡民警抓获。这个消息就像一剂强心针，我望着远远的最后一座山头，大声激励着卡豹，同时也鼓励着自己。我们再次像刚刚维护完的机器投入搜捕中。

时间已是11时多了，眼看我们要登顶最后一座山头，我发现卡豹搜索的速度时快时慢,动作也不像以前那么流畅了。我喊了一声“卡豹”，卡豹回头望了我一眼，很快就把头扭了回去，接着往前跑。前方一个小小的壕沟，卡豹纵身一跃，竟然没跳过去，身体重重地摔在地上后打了几个滚。我大吃一惊，跑过去扶着卡豹，卡豹吃力地尝试站起来，但是它的四肢却不听话地颤抖着。我发现卡豹此时嘴巴张得很大，舌头几乎全都伸了出来，舌面干干的，颜色有点儿发紫。我把手放在它的腋下，烫得厉害。卡豹胸前的毛已经干透了，上面缠着各种草籽，我小心地把它们分开、理顺，一边用手抚摸着它的背，一边环顾四周，希望能找点儿水和阴凉地。

但目力所及，根本没有一点水的影子。太阳短暂地躲在一朵云后再次出来，更热了。这时山下传来了警报声，卡豹忽地站了起来，抖了抖身上的毛，用力一跳，接着向前跑去，不再回头。

到山顶了。周围所剩的区域一览无余，我们搜索的区域被排除。30米外的卡豹步子突然乱了起来，有点儿像喝醉酒的人。我大喊“卡豹，来”，卡豹僵硬地转过头斜着眼睛看着我，我接连下达了几次口令，卡豹却站住了一动不动。当我走上前去给它扣上牵引带准备带它撤退的时候，它抖动四肢迟迟迈不开步子，用力地抬起头，用它那没有神采的眼睛无助地看着我。我扯动了两下牵引带，准备带卡豹下山。它忽然腿一软倒在地上，身体顺着山坡向下滑去，我连忙拉紧它，呼唤着它的名字，它挣扎着要站起来，但是没有成功。

我感觉到一丝不安，我抱起卡豹把它放在一棵小树下，把牵引带套在树上。我要去找水！掘地三尺我也要去找到水！我一边往远处跑，一边回头看卡豹，卡豹张着嘴，吐着舌头，不住地看我，看上去既对我充满期待，又有些舍不得。

到处是被太阳照得白花花的石头和散发着热烘烘气息的杂草，地皮早就被晒得又白又硬。在这样的山顶上找水希望极其渺茫。在山势起伏之间，我还能偶尔看见树下的卡豹。它也能伸着脖子看见我。我一边找水，一边尽量让卡豹能看见自己的身影，让它保持足够的信心。可是，这附近确实没有半点水的样子，只好另到别处了。

找了一会儿遇见了几名结束搜索的武警战士，我像看到了救命稻草，赶忙过去问他们有没有水。那些武警战士告诉我，刚才遇到了一名带警犬的民警，他的警犬快不行了，最后的一袋酸奶给了他。我来不及和他们道别，就疯了一样跑开。

忽然间远处的一块大石头顶部在太阳下反射出亮闪闪的光来，我急忙跑过去，果然，在石头的顶部有一个凹陷的小石坑，里面有积水！我欣喜若狂，跳上石头再看一眼却有些失望。原来这坑水很浅，不到一尺深，根本没办法取水。我心急火燎，这怎么办？用手捧，跑回去水早漏完了；用嘴吸一口，那股腥味让我当场把水全吐了。灵机一动，我把身上的短袖脱下来浸入那个小水坑，瞬间小水坑里面的水便所剩无几了。

我捧着衣服兴冲冲地往回跑，心里不停地想着卡豹见了水后的开心模样。越跑越快，远远望见那棵小树，却不见了卡豹的身影。跑到近前看到卡豹侧身直挺挺地躺在地上，我脑袋里“嗡”的一下：出什么事了？我捧着衣服的手不觉微微颤抖，但还是自我安慰：没事，没事！“卡豹？”我呼唤着它的名字，卡豹纹丝不动，但是眼睛能斜斜地望着我。我急忙蹲下来，把衣服一拧，水滴在卡豹的舌头上，卡豹还是没有动作，它连最简单的喝水动作都无法完成了。

我的心好像被什么东西给撕开了一样，眼泪唰地流了出来。我不停地喊着：“卡豹！卡豹！”用手推它，拍打它。卡豹还是一动不动，我从兜里掏出它最喜欢的网球，在它眼前晃了几下远远地扔了出去，卡豹的眼睛缓缓地向扔出网球的方向移动着。附近的队长和同事听到了我的呼喊声也赶了过来，他们看了看卡豹浑浊的眼睛和黑紫的舌头，无奈地说：“它好像是不行了……”说完后大家都默不作声，同情地看着我。我痛苦地抱起它向山下走，山下有水，有医生。我一边流泪一边祈祷，心里一直在喊：“不可能，还有希望！”但是后来我发现它死了，就死在我的怀里。

11时45分，从早上6时多到现在，卡豹在山上不停地奔跑5个多小时。这个倔强的“小伙子”，为了它的梦想，担着它的责任，怀着它的牵挂，带着它的忠诚，一直拼搏到了生命的最后一刻，不甘而无悔地永远睡去了……

痛别战友

如果卡豹不是那么较真，完全可以不那么不顾一切，放慢速度甚至停下来喘口气，没有谁会责怪它；如果它不是那么重情，完全可以不那么对我言听计从，在那样恶劣的环境下，不用总是顾着我的情绪，稍有懈怠也情有可原……可我的卡豹不可能那样做，永远不会。它心中只有一个信念：忠心耿耿，竭尽全力。它的信念比天大，比命重。

同事建议我将卡豹埋在它牺牲的地方，我坚决不同意，我要带它回家！后来几经领导和同事的劝说，抓捕工作还没结束，再加上天气又那么热，最后我们决定把卡豹埋葬在它牺牲的那座山脚下，这座山名叫石龙山。

泥土一点一点地把卡豹埋住了，伴随它的还有它最喜欢的网球，直到最后一捧黄土，终于什么也看不见了。泥土填上之后，上面又一块一块地压上了石块，摆成一个小城堡的样子。这样，就像一个宫殿，卡豹在里面也许就不会再感到热了。

卡豹彻底和我告别了。在各级领导的关怀下，大家给卡豹举行了一个简单但隆重的追悼仪式。防暴队的同事举行了鸣枪仪式，公安厅长、三地市公安局长率领着部分民警和当地群众共计 200 余人送别了卡豹最后一程。

当天夜里，最后一名犯罪嫌疑人被卡豹的战友黑豹抓获，至此“12·9”持枪抢劫银行案犯罪嫌疑人全部到案。2001 年 8 月，河南省公安厅正式授予卡豹“英雄警犬”的称号，这也是河南省第一次授予警犬荣誉称号。

它，没有等到安享一只警犬的晚年生活光荣退休的那一天，而是永远地沉睡在黄土之下。

李旭东 男，汉族，中共党员，大专学历，1970年12月出生。籍贯：河南省郑州市。1992年1月参加公安工作，历任郑州市公安局防暴警察支队办事员、科员，刑事案件侦查支队三大队副大队长职务，现任郑州市公安局犯罪侦查局二支队支队长，二级警督警衔。

案 中 案

李旭东

春夏秋冬，多少艰苦跋涉，我们匡扶正义；寒来暑往，多少风餐露宿，我们捍卫平安；漫漫长路，多少坎坷磨炼，我们铸就辉煌。用热血铸就金色盾牌，将平安和畅通送到千家万户，将忠诚和正义镌刻在共和国的丰碑上。

我于1992年入警，1998年调入市公安局刑侦支队，之后在刑侦支队一干就是十七载。摸着悄然爬上额头的皱纹，看着刻满岁月痕迹的脸和黑发中隐约的白色，我不禁感怀流逝的岁月。

以枪查人，锁定涉枪犯罪嫌疑人

2000年“12·9”特大持枪抢劫银行案发生后，技术人员在现场提取了四枚弹壳，经认定，四枚弹壳属同一支“盾”牌唧筒式弯把五连发

猎枪击发。这类枪支自1994年1月30日开始生产，到1996年2月15日停产，共生产同类枪支8480支，其中销往河南224支，主要流向新乡、平顶山、漯河及郑州的巩义、登封等地。专案指挥部经过分析认为，犯罪分子在现场使用的猎枪应是这224支中的一支，要从查找每支枪的下落入手，以枪找人，就一定能查到犯罪嫌疑人。专案指挥部成立由刑侦支队副支队长马会强负责的查枪组，抽调53名干警，围绕这224支枪的去向，分成6个工作小组，在省公安厅刑侦总队的协调和指挥下，按照“上查来源、下查流向”的原则，查清每支枪的具体情况，从中搜寻案件线索。为了查清现场同类枪支的销售情况，查枪组调阅了该厂近千份原始材料，并将两麻袋销售发票带回专案指挥部，对每张销售发票逐一查证，顺线追踪，一查到底，见枪见人，发现一支收缴一支。

2001年1月中旬，查枪组抓获一名涉枪嫌疑人靳某，他供述曾经在1995年五六月份，将一支短把猎枪以4000元价格卖给郑州铁路局附近一个开皮衣店的生意人。除了知道这名男子40多岁、身高1.70米左右外，靳某对这个人的姓名、住址、服务处所等情况一无所知。每一支枪就是一条破案线索！1995年以来，郑州铁路局附近曾经出现过三四十家皮衣店，可如今随着时间的流逝，这些店铺数易其主，有的改头换面，有的关门大吉，要想从中找出购枪人，无疑是大海捞针。功夫不负有心人，经过大量工作，追枪工作终于有了进展，有人反映在陇海路与福华街交叉口路东有一家门面房卖过皮衣，店主40多岁，身材中等，好像住在苗圃附近。很快各种疑点聚集在一个名叫佟世奇的人身上。

佟世奇，男，43岁，身高1.74米，原来是郑州铁路材料厂工人。此人平日沉默寡言，很少与人交往，种种迹象表明，佟世奇很可能就是那个购枪人。侦查员立即在佟家设网布控。2001年4月12日20时佟世奇趁着夜幕潜回家中，打开防盗门还没来得及关上就被侦查员摁倒在地。在审讯室里，经过几番斗智斗勇，佟世奇不得不承认自己有一支猎枪。侦查员步步为营，顺势紧逼。佟世奇陷入了沉默，良久冒出一句 :“反正就这了……枪就在家里……”后又极不情愿地交代家中还藏有自制炸药包。侦查员在其母床下搜出一支短把猎枪、六枚自制炸药包、三把军用匕首及大量 54 式手枪子弹、猎枪子弹。

抢劫、绑架、杀人、爆炸，件件血案浮出水面

在做皮装生意的过程中，佟世奇瞄上了河北蠡县一做皮货生意的老板，纠结同伙“老董”“老大”预谋抢劫。为了确保行动成功，三人决定先到山西抢一辆车，然后再去河北作案，以便事后干扰警方视线。1996 年 8 月初的一天上午，三人携带猎枪、匕首、绳索等作案工具来到山西太原。在太原车站广场，“老董”租一辆红色夏利两厢出租车，以接两个正在郊区东山要账的朋友（实际上就是佟世奇和“老大”）为由将司机骗至东山。苦于车多人杂，迟迟找不到下手良机，三人接头后，便又以欠账人藏在太原附近的阳寿县为名要求司机前往。在阳寿县城，佟世奇三人又装模作样地找了大半天，到夜幕降临后，从阳寿返回太原，在途中一偏僻处，三人以解手为名骗司机下车。按事先分工，“老董”用绳索紧勒司机脖子，佟世奇举刀猛捅，当场将司机杀害。事后，“老大”驾车载三人赶往河北。三人终因做贼心虚，途中弃车而逃，蠡县皮货老板逃过一劫。

1998 年的一天下午，反复“踩点”后，佟世奇等五人从郑州老坟岗尾随一卖烧鸡老头至其家中，持匕首、猎枪等凶器威逼老头并将其捆绑，抢走 3000 多元现金和一部摄像机。

“老大”的姘头陈某由于和丈夫郭某感情不和，多次要求“老大”“修理修理”郭某。1998 年下半年一天深夜 11 时，郭某驾车回家，在家门口被佟世奇、“老大”“老三”“三儿”等四人绑架。由于郭某奋力反抗，四人顿起杀心，佟世奇连捅数刀，“老三”操起猎枪当胸就是一枪，致

郭某当场丧命。

最令佟世奇等人津津乐道、终生难忘的，还是一次性勒索某公司经理李某50万元的“壮举”。2000年8月5日上午11时，“老白”“小强”“老三”“四儿”、周国新、佟世奇等六人手持自制炸弹、短把猎枪、单刃刀等作案工具窜至伏牛路某电缆公司，将公司经理李某绑架至一居民房内，打电话让李妻速交50万元赎金。直至8月12日晚9时，六人收到李妻送来的50万元现金后，才将李某放回。据佟世奇交代，这是他们预谋最为周密、干得最“漂亮”的一次。为了这次行动，他们事先还凑了15000元买了一辆昌河面包车用于实施行动。“小强”、周国新专门负责踩点、盯梢，佟世奇、“老白”负责修改完善行动方案。绑架李某后，他们又不断变换交钱地点，最后选定在位于京广南路附近的一个小胡同。勒索赎金当日，佟世奇等人腰缠炸药包，将李某身上缠上电线，一旦警察出现，就将李某电死，自己则按响炸药包制造混乱，驱散群众，借机逃遁，如不成功就自爆身亡，并冲上去与警察同归于尽。

重拳出击尽网群魔

一桩桩惊天血案，一个个凶残暴徒，伴随着佟世奇面无表情的平淡供述浮出了水面。

时刻关注案情进展的郑州市公安局局长李民庆、副局长张战军明确要求尽挖余罪，尽网群凶。“老大”常国胜、“老董”董献州、“老三”解定军、“三儿”张卫等人纷纷落网。但是负责制作爆炸装置的“老白”等人早已经潜回陕西原籍。副支队长马会强要求周玉新队长带领一个抓捕组马上出发。4月14日早晨7时，侦查员驾车连夜到达西安，直扑西北建材市场，抓捕在此做水泥生意的“老白”“小六”等人。不料，“老白”等人不在市场，侦查员扑了个空。经过调查，“老白”等人租住在未央区郭家村27号，侦查员迅速赶往那里，将正在屋内的“老白”当场抓获。

经审讯，“老白”班某伟供认，“小强”已于12日返回郑州，“小六”13日去了铜川市老家，“四儿”两年多没有联系过了。侦查员兵分两路，一路由周玉新带队到铜川抓捕“小六”“四儿”，一路由我和陈国伟在“老白”租房处架网守候。谁知，就在周玉新等人赶往铜川的同时，“小六”正从铜川急急忙忙返回西安。原来，“小六”回到铜川老家后，打电话找“老白”，左打右打都打不通，“小六”心里发毛，感到形势不妙，决定返回西安探个究竟。15日凌晨，“小六”赶到“老白”租房处，看到“老白”的面包车仍停在原处，不禁长出一口气，信步上楼，刚刚跨进门槛，两支冰冷的枪便顶住了他的脑门。“小六”真名何富生，陕西铜川人，佟世奇团伙的重要成员。

几乎与此同时，潜回郑州的“小强”徐某强在佟世奇家中落网。

4月16日，侦查员到铜川查户籍底册时发现了“四儿”杨某军的照片，并获取了杨某军的传呼号码，将一代身份证照片复印件迅速传真给在西安的大队长周玉新，并通过和传呼台的合作摸清了其在西安经常活动的区域。周玉新带领我迅速在杨某军经常出没的南关大街等处不断巡视。无巧不成书，16日下午18时许，茫茫人海中，正在南关大街上巡视的我们二人发现对面走来一光头青年，特征和照片上的非常相似。就在与光头青年擦肩而过之时，我轻轻地叫了一声：“某军？”光头青年下意识地答应了一声，我们二人一拥而上，将其牢牢制伏。

至此，佟世奇特大犯罪团伙成员全部落网。2002年9月28日郑州市召开公判大会。佟世奇、解定军等13人分别来自河南、陕西、湖北等地，1995年秋至2000年冬季，该团伙携带猎枪、刀具、自制拉罐炸药等作案工具，分别在河北、山西、河南等地抢劫5次，抢得现金及财物案值10万余元，致使1人死亡；绑架两次，勒索他人现金50万元，致使1人死亡；盗窃1次，盗得现金、财物价值3万余元。主犯佟世奇、常国胜、解定军、董献州被判处死刑，剥夺政治权利终身。同案犯班某伟、徐某强、杨某军被判处无期徒刑，其余罪犯分别被判处15年以下有期徒刑。

张合斌　男，汉族，中共党员，大学文化，1960年9月出生。籍贯：安徽省合肥市。1980年5月参加公安工作。历任郑州市公安局二七分局刑侦大队民警、副大队长、教导员，郑州市公安局刑侦支队四大队大队长职务，现任郑州市公安局犯罪侦查局副县级侦查员，一级警督警衔。

剑斩魔爪

张合斌

“掂包”案件是指以非法占有为目的，趁人不备窃取他人身边包裹的犯罪行为。作案一般呈现“时间短、得手易、逃匿快”的特点，犯罪嫌疑人从确定目标到掂包逃离仅需一两分钟，失主尚未反应过来，嫌疑人已逃离现场。因犯罪嫌疑人作案流窜性大，公安机关较难掌握其行踪。在从警历程中，我就曾经侦破过一起较有影响的“掂包”案件。

我16岁参军入伍，转业直接进入铁路公安局，后又调入地方公安局工作至今。没有警校科班出身的专业知识，更没有家庭背景的提携帮助，我这个半路出家的“泥腿子”就靠埋头苦干，从名不见经传的普通侦查员，一步步晋升为副县级干部。细数从警三十五年的风雨春秋，擒歹徒、抓凶犯、破疑案，遇到大案“连轴转”是家常便饭，在案发现场、在抓捕路上、在审讯室里不知度过了多少个不眠之夜……无论工作多艰苦、多危险，我都不曾退缩。在我参与侦破的刑事案件中，1993年破获“绿城第一掂包大案”的经历让我至今难以忘怀。

20世纪90年代初，我在郑州市公安局二七分局刑侦科工作，是一名普通的侦查员。那时郑州社会和经济发展处于起步阶段，人民群众的工资和消费水平还很低，别说小汽车了，谁家要有个踏板摩托车，都是一件让人眼馋的事情。我们刑警平日出警，还是骑着“偏三轮”摩托车。那个时代，郑州市严重暴力犯罪案件还不多，如果遇到一起被盗上万元的案件，就算是大案件了。

1993年8月13日，虽说立秋已经过去几天了，正午时分太阳仍是火辣辣的。从哈尔滨来郑州购买“百文”股票的李笑莹一行四人到郑州市电信局北二七路营业厅打长途电话。这个营业厅里人头攒动，业务繁忙。他们一人进去打电话，另外三人坐在营业厅门前的台阶上乘凉休息，顺便看着装有46.1万元人民币的手提包。这时，一名男青年上前礼貌地说：“同志，借个火点烟。”哈尔滨的一名同志客气地递给他一盒火柴，男青年接过火柴点燃香烟后悠然离去。过了半分钟的时间，三名哈尔滨同志突然发现刚才放在台阶上的手提包不见了，他们发疯似的在周边寻找，手提包没有任何踪影。肯定是刚才借火点烟的那个男青年趁人不备把包掂走了！他们火速赶往辖区公安局二七分局刑侦科报案。46.1万元现金巨款被盗，这在当时算是郑州侵财犯罪的惊天大案了，郑州市委、市政府、市公安局等各级领导均高度重视，要求采取一切有力措施尽快破案，挽回群众经济损失。

接到上级领导指示后，二七分局立即抽调刑侦科全体民警及辖区多个派出所的所长、副所长等精干力量成立专案组，部署专案侦查方案。我作为刑侦科的侦查员，也参与此案侦破工作。根据前期调查，失主被盗的手提包是一个规格为50厘米×30厘米×20厘米的黑色羊皮旅行包，46.1万元现金每万元用哈尔滨市工商银行带有标志的牛皮纸条捆扎。据

失主反映，借火点烟的男青年30岁左右，身高约1.70米，方脸，上身穿白衬衣，腰里挂着传呼机。根据这些情况，专案组决定围绕案发现场开展地毯式调查走访，广泛发动群众，召开辖区公共单位、居民委员会、治安积极分子会议，并利用一切技术手段查找犯罪分子行踪。我当时作为刑侦科一名年轻的侦查员，天天吃住在单位，每天深夜都要把当天汇总的各类排查线索再审核一遍，生怕遗漏了什么。通过近一周的工作，专案组民警排查了有前科的嫌疑人员共计800余人，辖区的单位、群众和治安积极分子也都发动起来，但始终没有发现有价值的破案线索。在当时那个社会环境中，街面上没有视频监控可以调取，案件侦破工作暂时搁浅。

有一天晚上，专案组开案情分析会，侦查员们你一言、我一语地纷纷发表“高见”。时任二七分局刑侦副局长王胜利突然点我名字：“合斌，你也谈谈对案件的看法。”坐在角落的我抬起头，看看王副局长炯炯有神的眼睛，便壮了壮胆子说道：“掂包案犯作案迅速，可以快速离开案发现场，说明犯罪分子熟悉环境，不是新手，应该重点控制调查近段时间暴富的社会青年，以物找人，在立足二七辖区排查的同时，应扩大视野，向全市延伸。”王胜利副局长听到我的建议后沉思了片刻，然后说：“合斌的意见不错，各排查小组不能就盯着咱们二七区工作，不管是以物找人，还是以人找物，必须扩大排查范围，尽可能发动更多群众提供破案线索。”随后，各排查小组按照王胜利副局长的指示，开始扩大排查范围。

在那个时代，没有各类基础信息库，户籍信息全是手填纸质档案，侦查员需要先到各辖区派出所调阅大量档案资料，在工作笔记本上记录需排查的重点人员信息，再逐户逐人开展走访。排查靠的是人海战术、大兵团作战，采取的方式是地毯式无死角摸排，这种工作方式最大的弊端就是耗费人力和时间。排查走访工作是辛苦且乏味的，时任刑侦科科长的田志忠、指导员付建军带着我们经常是饥一顿、饱一顿地走访排查，我的工作日志本每天均要记录几十页的排查人员情况，深夜返回单位后人工开展信息比对。

“功夫不负有心人”,8月25日晚上,在不间断地排查可疑人员过程中,我所联系的一名治安积极分子反映，居住在郑州市防疫站家属院的无业青年高宣和郭恒平日生活窘迫，近日突然花钱大手大脚，高宣还买了辆摩托车。得到该线索后，当晚我便前往市防疫站家属院进行走访，通过与门卫和居委会同志座谈，了解到在案发当晚，高宣曾给女朋友买了一辆日产“大路易”90 型摩托车，还买了一条金手链，不过最近并没有见到郭恒、高宣两人回来住过。事不宜迟，我迅速将该重要线索向田志忠科长做了汇报。8 月 27 日凌晨，通过顺线追查，我们找到了高宣和其女朋友租住的金水区纬四路 15 号院 5 号楼一间出租屋，在搜查时查获带有哈尔滨市工商银行牛皮纸条捆扎的现金 35.7 万元，与“8・13”特大掂包案被盗现金特征一致，案件就此出现重大转机，犯罪嫌疑人高宣和郭恒逐渐浮出水面。又是一夜未眠，我揉了揉布满血丝的双眼，对着水管用自来水冲洗了一下头发，顿时像打了鸡血一般。顾不上休息片刻，我们继续寻找高宣、郭恒的潜址，很快就查到两人作案后携带部分赃款坐火车潜逃至广州。

为了快速侦破此案，8 月 27 日中午，指导员付建军又带着我们几个侦查员，乘坐飞机火速赶往广州市开展追捕。到达广州后，根据前期掌握的线索，我们马不停蹄前往高宣和郭恒居住的广州登峰大酒店，可扑了个空，这两人已提前结账退房了。追捕失去了目标，我们几个侦查员要在偌大一个广州找这两名嫌疑人，可谓大海捞针。付指导员临机决定我们就住在高宣和郭恒曾入住的宾馆房间，以便有机会等待与高、郭电话联系的人（当时移动手机并未普及，仅极少数人使用“大哥大”，绝大多数人相互联系基本靠固定电话和传呼机）。果然，宾馆房间的固定电话响了，是郭恒的一个朋友从郑州打来了长途电话，我们假装郭恒的

朋友搪塞过去后，迅速将该线索反馈给专案组。随后，侦查员将在郑州给郭恒打电话的这个关系人控制起来。此后，专案组民警假称该人给郭恒打传呼，引诱郭恒再次与此人电话联系。时间一分一秒过去了，郭恒终于用广州市一固定电话与此人联系，“狐狸露出了尾巴”。该情况传到了在广州待命的追捕组，我们几个侦查员根据郭恒拨打电话的号码开始查找，几经周折，于8月29日早上，终于查明该固定电话号码所在地系广州市下塘北斗里8号。我们赶到该地址后，发现是郑州市一服装个体户租赁的，并没有郭、高两人的任何关联痕迹。

难道线索再次中断？我们决不放弃。既然郭恒使用过这个区域的固定电话，肯定就在周边附近躲藏。为此，我主动与当地派出所取得联系，在当地派出所民警协助下就地开展清理排查。8月30日上午，在清查过程中，我们在该辖区恒福宾馆前台登记本上发现有嫌犯高宣、郭恒的住宿记录——414房间（那个时代，宾馆旅社的住宿信息基本靠人工纸质登记，没有现在电脑联网录入便捷）。我们抑制住内心的激动，悄悄来到该宾馆414房间门口，随着付指导员打出“抓捕”的手势，我们几个年轻侦查员快速打开房门一拥而入，将正在吸毒的高宣、郭恒当场抓获。

经突审，两名犯罪嫌疑人分别交代。1993年8月13日上午11时多，两人途经郑州市电信局北二七路营业厅，见台阶上坐着两男一女，像是外地人，身边放着一个大提包。经预谋，郭恒以“借火点烟”为掩护，高宣趁机掂走了放在台阶上的提包。得手后，高宣将46.1万元中的35.7万元藏匿在其租房处，分给郭恒3万元，又给女友购买了摩托车和金手链。随后，高、郭两人一起南下广州躲藏。至此，该掂包大案历经17个昼夜成功告破。高宣、郭恒因盗窃巨额财物，后被依法执行死刑。当哈尔滨的几名受害人拿到失而复得的几十万元现金后，感动地说：“要不是你们警察，我们真没法活了。”

“几度风雨几度春秋，风霜雪雨搏激流。”这是我们那个时代警察最喜欢的歌词。作为一名刑警，经历了多姿多彩的警营生活，感受了风雨过后的片刻辉煌，人生才没有遗憾。那些曾经披星戴月的奋斗历程终将沉淀为历史的记忆，而我仍然寻找着那份简单的快乐。

阎军　男，汉族，中共党员，大专文化，1962年9月出生。籍贯：河南省孟州市。1984年7月参加公安工作，历任郑州市公安局巡警支队一大队副大队长、刑侦支队教导员、大队长职务，现任郑州市公安局犯罪侦查局纪委代理书记、副县级侦查员，一级警督警衔。

一起命案牵出考研辅导班黑幕

阎　军

我当有组织犯罪侦查大队大队长也就是俗称“打黑大队”大队长有八年的时间，如果算上当教导员和民警的时间，恐怕“打黑”的历史就更长了。自己经手了形形色色各种涉黑案件，比如像宋留根黑社会性质组织犯罪案这样的惊天大案，但是在我脑海中始终挥之不去的却是芦云鹏这起案件。严格说来这起案件不是涉黑案件，最多只能算是一个恶势力暴力犯罪案件。但是这起案件的与众不同之处就是，芦云鹏垄断的不是批发市场，不是矿山物流，竟然是所谓文化人集中的考研辅导班市场。

侦查过程一波三折

2005年3月30日，郑州某宾馆发生杀人案：宾馆服务员张某在打开116房间时，发现了客人乔水舟的尸体。此前一天，这位河南某大学的副教授刚从开封赶到郑州下榻此处。经法医鉴定，死者在生前曾被多人殴打，最终被卡住脖子窒息而死。主要犯罪嫌疑人当时就锁定为芦云鹏，芦云鹏虽然已被抓获但拒不认罪，主要犯罪嫌疑人串供、翻供，令案件侦破工作停滞不前。被害人家属及北京、哈尔滨等地的考研辅导班负责人、教学老师，以及所谓的学术名人纷纷举报芦云鹏的其他犯罪线索。当时来自社会各界、上级领导的压力都很大，我记得全国政协、公安部、省公安厅都有领导做出批示，核心思想就是彻底查清芦云鹏团伙犯罪事实，依法予以严惩。时任郑州市委常委、政法委书记兼公安局长姚待献、时任公安局党委副书记兼副局长杨玉章专门听取案情汇报，亲自指挥侦破工作。公安厅刑侦总队派人督导，2005年7月30日，郑州市公安局成立了由我任组长的“3・30”专案组，集中食宿，封闭办案，对芦云鹏团伙系列犯罪事实进行全面调查。

由于案情复杂，我们兵分两路，一路由我带队开展审讯工作；另一路结合我这边传过去的最新线索，开展侦查抓捕其他嫌疑人的工作。

当时嫌疑人都异地羁押在焦作，我与专案组的几名同志一起前往焦作，充分运用审讯策略和手段，与犯罪嫌疑人斗智斗勇。经过4个昼夜的审讯工作，赵明杰、王某翠均对在芦云鹏指使下伤害致死乔水舟一案供认不讳，对翻供原因及串供经过进行了如实供述。除此以外，赵明杰还交代了自己参与、实施的其他违法犯罪行为。根据这些，我们基本确定了芦云鹏犯罪团伙的人员结构，为突破全案奠定了坚实的基础。

另一路民警通过海量信息综合分析、研判，结合审讯中发现的蛛丝马迹，于6月17日在西安抓获团伙骨干成员张某玺，8月28日在金海大道抓获团伙骨干成员车红刚，9月7日在杜岭中街北段某浴池302房间抓获团伙骨干成员王杰，随后在许昌将团伙成员杨某军、孙某超抓获，至此涉案的15名犯罪嫌疑人全部被抓获。

当时我带领审讯组的同志，在综合其他各组获取的相关线索、证据后，有重点地对芦云鹏进行了全力突审，根据审讯情况分析，我们基本确定芦云鹏在案发时的活动路线。在大量的事实证据面前，经过连续 4 天的政策攻心，芦云鹏终于交代了所犯的罪行，对自己所有的违法犯罪事实进行了如实供述。

死者乔水舟生前所在的开封某大学马列部曾主导了该校的政治考研辅导市场，2004 年随着考研热的升温，该校马列部的辅导班规模由 2003 年的 700 人升至 1600 多人，收费也由每人 120 元提高到 200 元。巨大的利润带来了巨大的风险，芦云鹏就此盯上了这块“肥肉”。芦云鹏几次要求与该校马列部考研辅导班负责人合作，谈判破裂后，他意识到合作之路已经走不通了，到了使用一些“非常手段”的时候了，便开始与其负责开封市场的表弟赵明杰预谋殴打乔水舟。

据死者妻子张晓焕回忆，从 2004 年 10 月开始，就曾有一个叫苏菲的女人在北京经常以“可以帮忙介绍名师”为由打电话给乔水舟。此时乔水舟正苦于自己的考研辅导班缺少“名师”，难以做大做强，他对这个人的来电虽感意外，但仍与对方约定在郑州某宾馆见面。这个“苏菲”就是芦云鹏公司驻北京的业务员王某翠。赵明杰找来被告人赵军章，赵军章又纠集张占科等四人，携带事先准备好的作案工具赶到该宾馆乔水舟的房间，一边用胶带封住被害人的口、鼻，一边用锤子击打被害人双腿，乔被扼颈致机械性窒息死亡。事后芦云鹏通过赵明杰付给赵军章等四人 10000 元，给王某翠 3000 余元。

2006 年 5 月 15 日，郑州市中级人民法院一审判决，判处芦云鹏、赵明杰、赵军章、张占科四人死刑；判处车红刚、王杰死刑，缓期 2 年执行；判处吴某杰、訾某涛无期徒刑；判处张某玺 15 年有期徒刑；判处王某翠 14 年有期徒刑；判处杜某泉 13 年有期徒刑；判处许某生、杨某军、孙某超、刘某有期徒刑 1 年 6 个月至 7 年不等。此案被河南省公安厅定为 2005 年打掉的恶势力犯罪集团的典型案例。该案的成功侦破，极大地震慑了犯罪分子，维护了我省及全国部分城市的考研辅导市场的秩序。

案情背后另有案情

芦云鹏，这个被称为“考研班教父”的人，出生于河南许昌县五女店乡柏茗村。其父是一名小有名气的中医，母亲务农，后曾进城摆过小摊。十岁之前，芦一直在农村度过，后因为父亲调往许昌市一家医院而举家搬迁。在“云鹏考研”做大之前，他的家庭一直没能摆脱贫困。

芦云鹏高考两度失败，最后以“跟班生”的身份在河南某学院工业经济系本科班就读。他的班主任张某军证实，芦毕业时未能取得毕业证和学位证。肄业后，他又两度考研失败。但这恰恰让芦云鹏发现了一个刚刚兴起的市场——考研辅导。当时，全国性的考研热尚未形成，一些如今名满天下的老师也尚未“出头”。芦云鹏开始与他的母校合作办考研辅导班，并渐渐将其当作自己奋斗的事业。

芦云鹏 1993 年进入考研辅导市场，时长三天的辅导班赚取了 21 万元，让他尝到了从未有过的甜头。时年 35 岁的芦云鹏创办云鹏文化发展有限公司，重点项目是考研辅导。考研辅导是当时的新生事物，缺乏市场监管，门槛非常低，小学未毕业的甚至在街头贴小广告的都能开办考研辅导班，后来者蜂拥而至。作为“稀缺资源”的名师，报酬也越来越高，导致考研辅导班市场的利润越来越低。有的名师身兼数职，甚至亲自办班。他们夹在各种竞争对手间，往往成为冲突的导火索。芦云鹏经营不力，加上考研辅导大部分市场主体素质不高，“打打杀杀”不可避免，而芦云鹏所谓“苦心经营”，独霸河南、山西、安徽、黑龙江四省市场正是“打打杀杀”的结果。一位曾与芦云鹏相熟的大学同学称，一次芦云鹏大发感慨：自己从事这个行业，不仅需要流汗、流泪，还要流血。当时这位同学深为诧异，直到芦云鹏出事，他才真正明白对方所指。

2005 年乔水舟被伤害致死案其实已经不是芦云鹏犯下的第一桩罪

案。1998 年，北京来的杨某试图与河南某学院老干部处合作办班。芦云鹏先是找到该处的胡某洲，许诺一年给该学院老干部处 3 万元，条件是放弃与杨合作，结果被胡拒绝。而在杨某的辅导班开班当日，其弟便连续两度遭暴打。

2002 年 7 月 19 日晚，不再与芦云鹏合作的考研政治“名师”、北京某大学马列部副教授陈某奎，在济南授课期间，被人以送水果名义叫开宾馆房门。四名打手冲进房间，两人将陈按住用胶带封住嘴巴，另两人则用扳手猛击其双腿，最后导致其左腿轻度骨折。

2004 年 8 月 10 日，芦云鹏因与哈尔滨某大学的某考研辅导班抢占考研辅导市场而产生矛盾，指使杜某泉纠集张某玺等四人，由赵明杰携带事先准备好的硫酸带领五人到该大学校园内，将硫酸泼到被害人岳某武脸部及身上，致岳烧成重伤，构成四级伤残。芦云鹏分两次支付给杜某泉 32000 元。

以上案件在乔水舟一案被破获前，均因种种原因未被当地警方破获。

“考研班教父”终结江湖之路

有时我回想起来，当年郑州一家报纸上曾经有这么一句广告语：“谁敢横刀立马，唯我‘鹏’大将军。”从某种意义上，这句话也是芦云鹏数年来在考研辅导市场这个江湖上打拼的总结，归根结底就是一个目的——市场。

芦云鹏，一个出身农家的大学“跟班生”，十几年间，靠办考研辅导班，帮成千上万人实现了梦想，也让自己变成千万富翁。然而，神话诞生的背后，却是愈演愈烈、逐步升级的暴力手段。这帮他赢得市场，也最终将其毁灭。

早在 150 年以前，伟大的思想家马克思在《资本论》中引用过一段话：“如果有 10% 的利润，资本就会保证到处被使用；有 20% 的利润，资本就能活跃起来；有 50% 的利润，资本就会铤而走险；为了 100% 的利润，资本就敢践踏一切人间法律；有 300% 以上的利润，资本就敢犯任何罪行，甚至去冒绞首的危险。”令我没有想到的是，这句话放在这个外人看来云集着各路专家、学者，文化人集中的考研辅导班市场一样适用。

当下研究生、公务员考试等社会上各种考试还在升温，各类辅导班的经营还在此消彼长，芦云鹏被判死刑给我们留下了很多思考。2006 年以来，郑州市教育局、工商局等多家单位、部门出台了多项措施不断规范这个市场，逐步营造了良好的市场竞争气氛，填补了政府职能缺失的真空，弥补了相关政策漏洞。郑州市公安局也大力开展打击有组织性质犯罪专项行动，极大地压缩了非法势力活动的空间，严厉打击了黑恶犯罪，进一步净化了市场环境，有力地保障了社会主义市场经济的健康有序发展。

刘涛　男，汉族，中共党员，大学文化，1980年3月出生。籍贯：河南省确山县。2000年8月参加公安工作。现任郑州市公安局犯罪侦查局一支队政委、二级警督警衔。

“清网”行动

刘　涛

2003年年初，我被抽调到郑州市公安局“1·13”专案组，参与侦破以宋留根、马献洲、郝洪山为首的黑社会性质组织案。1995年至2003年，这一特大涉黑犯罪团伙盘踞在郑州纺织城、二环道果品批发市场、光彩服装市场、银基商贸城等大型批发市场非法开办托运部。他们依靠血腥暴力垄断货运市场，强行收取商户保护费，疯狂敛财。在独霸市场的同时，该团伙还涉嫌杀人、绑架、伤害、敲诈勒索、非法拘禁、非法经营、组织赌博和卖淫等多项罪名，共作案200多起，杀死15人，打伤70余人，年均牟取暴利3000万元。宋留根等人臭名昭著，被称为“黑道教父”。

该案共抓获团伙成员154名，15人被依法判处死刑，4人被依法判处死缓，6人被判处无期徒刑。然而，该组织的“大管家”杜建国却侥幸逃脱。2003年5月，杜建国被网上追逃，并被公安部列为B级通缉逃犯。2011年，公安部在全国开展“清网”专项追逃行动。我马上找到领导，主动请缨，要求带队抓捕杜建国。

深入调查，做到“知彼”

临危受命后，我们先从许昌市中级人民法院、郑州市公安局档案馆调取了相关卷宗，熟悉杜建国所涉及的案件情况，走访了市公安局、分局多位曾参与过抓捕杜建国行动的民警，全面了解掌握杜建国的性格特点、体貌特征、逃跑轨迹、家庭背景、社会关系及到案后可能的判决结果，进而全面分析抓捕的各种有利因素、不利因素。不利因素是：①杜建国为人狡诈，胆大心细，从不与家人用电话直接联系，具有较强的反侦查意识；②杜建国在潜逃之前，宋留根已为其办理了其他合法身份，并且在潜逃之时应携带了一定数量的赃款，这为抓捕增加了难度；③杜建国涉案罪行较重，不具备劝投的条件。有利因素是：①杜建国罪行虽重，但罪不至死，外逃八年，防范意识必然有所放松。②家中牵挂很多，父母均已近八十且体弱多病。杜建国外逃时妻子干某年仅 28 岁，但是八年来干某独自一人抚养幼子杜某言，生活非常艰难却仍对杜建国不离不弃，通过调查发现干某与杜建国的姐姐、父母常年保持密切联系，从常理上分析，维系这种亲情最大的可能就是杜建国与家人有联系。③外逃范围有重点。自杜建国外逃后就再没人见他回过郑州，如果与家人相见只能在外地，杜建国的父母祖籍山东章丘，20 世纪 60 年代因招工来到郑州，山东老家亲戚很多。妻子干某家祖籍浙江宁波，在上海、浙江等地亲戚很多。这些地方最可能成为杜建国的落脚点、会面地点。

顺藤摸瓜，静待时机

全面分析案情后，抓捕小组将查找杜建国近亲的外地住址确定为下一步侦查工作方向，随后侦查工作围绕杜建国的直系亲属全面展开。经过调查得知，杜建国只有一个姐姐杜某珍，姐夫孙某富常年在山东济南经商，杜建国的父母一直跟随杜某珍生活。

7 月中旬，当侦查员前往杜某珍位于中原区市场街某小区的家中侦查时，发现该住宅从当年 4 月后已无人居住，经走访附近居民获知：杜某珍的丈夫经商赚大钱了，在青岛那边买了房子，最近两年每年都要带着父母过去住上几个月避暑。获取这一重要线索后，我们并未急于赴外地开展工作，因为杜建国最大的牵挂——妻子和儿子仍在郑州。随后我们对干某母子展开布控，通过外围调查分析，干某最近一年来从未离开过郑州，甚至没有一个外地联系人，但是干某跟杜某珍留在郑州的女儿联系频繁。由于警力有限，抓捕组民警研究后决定继续围绕干某母子开展工作，静待时机。

8 月 3 日下午，我们分析干某最新活动时突然发现：干某已于前一天中午带着儿子抵达青岛，这意味着杜建国所有的至亲——父母、妻子、儿子、姐姐已经聚齐于一处。对于杜建国而言，这是全家人相聚的最好时机；对我们来讲，这更是抓捕的绝佳时机。警情就是命令，我立即带领焦威、卢海龙，一行三人连夜驾车赶赴青岛。

化装侦查，发现嫌犯

抵达青岛后，我们首先从青岛市房产交易中心顺利查询到杜某珍丈夫孙某富名下位于崂山区 227 号的一套住房，确定是杜某珍的现住址后立即驱车赶往该小区，原以为接下来的工作就是蹲点守候、瓮中捉鳖了，却没料到这里竟是青岛一处顶级别墅区，小区一共几十家住户，全封闭管理，所有进出人员都要刷卡登记，不出示证件根本无法进入。

为避免打草惊蛇，我决定暂时在小区门口蹲守。可是当大家冒着酷暑守候一天之后却发现根本没有效果，因为这里地处郊区，没有出租车，最近的公交站需要步行 20 分钟，进出小区的居民几乎都是驾车进出，一闪而过根本没法观察相貌。即使这样的蹲守也只进行了一天，由于台风“梅花”的影响，青岛连续降起特大暴雨，无奈之下我们只能撤回，转而依靠当地警方对几名关系人进行监控，但是连续两天毫无进展，干某等人对外联系时极为谨慎。在当地刑侦部门配合下，抓捕组从小区物业管理方调取到了实时的监控录像，可是令我们万万没有想到的是，这座号称“顶级”的别墅小区，监控设备却早已落伍，多数摄像头已损坏，仅有的几个摄像头图像模糊不清，根本不具备甄别条件。

眼见时间一天天流逝，抓捕时机随时可能错失，我觉得必须采取一切手段进入小区内部蹲守。通过细心观察，我们发现每天早上 6 时至 8 时由于车辆进出频繁，小区会打开大门对进出车辆一律放行，8 时之后就会关门。抓捕组研究后决定利用这个时间段进入小区蹲点守候，早上进去，夜里再出来，同时规定进入小区后一律要讲普通话，每人都换上短裤、拖鞋，尽可能让自己看起来像是当地居民。一切准备就绪，抓捕组终于在 8 月 9 日顺利进入小区，开始了连续数日的蹲守。

该小区由于住户较少，白天院子里很少有人走动，为避免暴露，我们只好尽可能长时间地留在车上观察。8 月的青岛天气异常闷热，如果不开空调马上就会浑身大汗，但是为了不引起周围居民及保安的注意，我们只能在多数时间将汽车熄火，实在太热就偷偷溜下车找个凉快地方歇会儿，每天进入小区时车上都准备了面包和矿泉水，中餐、晚餐就是在车上喝着矿泉水啃上几口面包。

付出就会有回报。连续三天的守候，我们先后观察到了杜建国的父母、姐姐、妻子和儿子，却唯独没有见到任何中年男性的身影，这让侦查员内心非常不安：难道判断失误，干某只是带儿子来这里看望爷爷奶奶的？我们同时注意到杜某珍家一个很不寻常的举动，白天的时候总是拉着窗帘，从外面看不到屋里的情况，而每天晚上天刚黑下来，只要亮灯，所有房间的窗帘都是拉得严严实实，明显是在掩饰什么，这又让侦查员觉得非常有问题。就是在这样的煎熬中，8 月 11 日上午，我正在小区蹲守时从当地警方获得一个可靠消息：干某当天下午就要乘火车返回郑州。听到这个消息，我又喜又忧，喜的是这是我们一直等待的好机会，如果杜建国在这里，一定会出来送行，忧的是即将摊牌，很担心杜建国真不在的话我们就将前功尽弃。

8 月 11 日 13 时整，杜某珍、干某、杜某言从家里出来了，背着行李向小区门口走去，像是要去小区外面乘公交车去火车站。最让大家担心的一幕发生了：杜建国没有出现。尽管很气馁，我还是安排焦威、卢海龙两人按原计划一前一后尾随干某一行向外走，我一个人留下来继续在杜某珍家门口守候。大概 3 分钟后，我突然发现从屋里钻出来一名 40 岁左右的男子，在向四周张望一番后慢悠悠向着小区门口走去。虽然尚无法看清楚这个人的相貌，但是我还是将这一信息迅速传给了在前面跟踪的两名同事，同时向崂山当地警方求援。干某等人最终在小区门外与该男子会合，然后一起向公交车站走去。种种迹象表明，这名中年男子就是杜建国。

果断出击，获取胜利

八年的逃亡生涯，使得杜建国的面貌发生了巨大的变化。几名侦查员虽然断定该男子应该是杜建国，可是长相跟案发前的照片相差太大，为保险起见，我临时决定继续贴身紧跟。

等待了十几分钟后，公交车到了，没想到只有杜某珍和干某两人上车，中年男子带着杜某言原路返回了。我安排卢海龙按计划紧随干某、杜某珍上了公交车，我和焦威两人则尾随该中年男子返回。坐上公交车的干某与杜某珍两人毫无察觉，干某向杜某珍抱怨：昨晚跟“果子”吵架了！一直跟在身后的卢海龙立即用手机将该信息发出，与此同时，崂山公安分局两名民警也已赶到小区门口，我和焦威与其会合后果断实施抓捕。在被民警控制的那一刻，杜建国知道大势已去，嘴里就念叨了一句：

“我知道咋回事，我是杜建国。”

这是我最难忘的一次抓捕经历，不是因为杜建国是郑州市公安局在“清网”行动期间抓获的第一位B级逃犯，而是因为它使我彻底放下了压在心中长达八年的大石头。在整个抓捕过程中，为了发现杜建国，我们寝食难安，即使在台风来临的时候，我们也没有退缩，最终为“1·13”专案画上一个圆满的句号。

唐涛　男，汉族，中共党员，大学文化，1981年1月出生。籍贯：河南省汝南县。2004年4月参加公安工作，现任郑州市公安局金水路派出所案件侦办大队打黑除恶中队指导员，一级警司警衔。

捡破烂“捡”来的杀人犯

唐　涛

早在参加工作前，身边的老民警就常告诉我：“在我们心目中，警察这个称呼本身就是一种荣誉。它意味着在危险面前、在犯罪分子面前你别无选择，只有义无反顾，挺身而上！”我曾不止一次被这句话感动。这句话所包含的豪情，在如火如荼的警营生活中无处不在，它也影响和激励我们每一名警察。为了这个神圣的称谓，为了人民的信任和社会的重托，我们义不容辞，我们无怨无悔，我们不惧危难，我们挺身而上！

因为老民警的那段话，入警之前我已经笃定了自己的信念，也不畏艰辛地为之付出。参加工作后，我一直都在努力做好自己的每一项工作，坚持人民利益大于天的服务理念，坚持为人民服务的宗旨意识。

2003年年底，我刚刚进入警队，成为一名见习警官。当年的11月25日就发生了一起让我印象深刻的重大案件。案件就发生在当时我工作单位郑州市公安局金水分局的管辖区域，当时有群众报案称在沙口路面粉厂南侧铁路旁发现一具女尸，被害人年龄在27岁左右，喉咙被人用裁纸刀割破。这起案件发生在闹市区，嫌疑人作案手段残忍，引起案发地周边群众的恐慌。经过各种侦查手段侦测，我们确定了犯罪嫌疑人为马任意。得知嫌疑人马任意当时极有可能在西安以捡破烂为生，时任郑州市公安局金水分局刑侦大队副大队长院东升带着刚入警的我悄然抵达西安进行化装侦查。

经过分析研判，我们认为必须打入西安捡破烂这个圈子，才能获取我们想要的更加准确的信息。副大队长院东升当机立断，决定和我扮成常年从事收废品工作的“破烂王”。我们根据这个行业的特点，首先各自准备了一身捡破烂的“行头”，身着破烂衣，脚蹬解放鞋，怀抱破草席，还在西安旧货市场以150元的价格买来一辆旧三轮车。白天，我俩在西安的各大劳务市场以找活干为掩护进行暗中查访，有的时候一转就是一天。饿了，我俩就和其他务工者一样，在路边啃个烧饼充饥；渴了，胡乱找个露天水管喝上几口。晚上，我们就和一些捡破烂的“同行”露宿在桥洞边或马路旁。头两天，我觉得这种生活很新鲜、很刺激，这不就是电视里演的卧底嘛！可是一周、两周过去了，面对臭气冲天、苍蝇老鼠到处乱窜的恶劣环境，我开始有些厌恶了。可是每当我动摇的时候，看到院东升副大队长虽然身上穿着破烂的衣物，眼神中却透出无比的执着，我的心也就跟着坚定下来。慢慢地，我接受了这一切，心中暗暗发誓：不抓到这个犯罪嫌疑人，我就一直这样捡破烂捡下去！

西安的夏天可谓酷热难耐。为了博得“同行”的信任，院东升副大队长和我将“收购”的一台小电扇拿出来与大家共用。经过十几天的相处，附近捡破烂的人都愿意与我俩拉家常。待到和周围的“同行”熟稔之后，一天夜间，院东升副大队长趁人不注意，先把马任意的照片扔在地上，然后装作从地上随意捡起来的样子问“同行”：“咦，这人是谁呀，看着咋恁面熟啊？”“同行”纷纷探过头来，其中一人说：“这不是在文艺路拾废品的那人嘛。他叫聂锋！”院东升副大队长随手又将照片丢弃在地上说：“你咋会认识哩？”那人拾起照片仔细辨认后，十分自信地说：“真的，他就是聂锋！”至此，我们认为马任意当时的伪装身份极有可能就是这个聂锋！院东升副大队长和我立即请求当地派出所配合抓捕！可能是觉察到了什么，狡猾的马任意却一连几天不再露面了。

苍天不负有心人，付出总是会有回报的！时至今日，我仍清晰地记得成功抓捕犯罪嫌疑人马任意的情景：2004 年 7 月 9 日早上 6 时许，院副大队长和我像往常一样衣衫褴褛地来到文艺路劳务市场搜寻目标。忽然，距离我们不到 10 米的地方出现了一个身形与马任意极像的捡破烂的男子。我仔细一看，此人的样貌特征和马任意身份证上的照片有一定相似之处，也有略微的出入。正在我疑惑这个男子到底是不是我们要找的马任意的时候，院副大队长拉了拉我的衣袖，在我耳边轻声说：“就是这货。”说完院副大队长对着这个男子喊了一句：“老马啊。”这名男子眼神里一闪而过的吃惊与惊恐被院副大队长和我立刻捕捉到了。我俩一声招呼，与布控在周围的便衣民警一拥而上将嫌疑人马任意擒获。

案件至此告破了！院副大队长和我“捡破烂”捡回了嫌疑人。虽然在西安市大街小巷捡了 18 天的破烂，更经历了以前从不曾经历的生活，但是通过那次抓捕经历得到的知识让我受益匪浅。对于刚入警的我而言，这是一次不可多得的锻炼机会，从院副大队长的身上，我看到了一个忠于职守的人民警察有着怎样的责任感、荣誉感，需要怎样去完成人民交给我们的任务。我始终将院副大队长的这种精神作为我去努力拼搏的动力。

不知不觉间，我已入警十一年，可是我对这个职业的热爱依旧没有消减一丝。十一年的所见所感，让我褪去了刚入警的懵懂和稚嫩，领悟了郑州公安传承的敢打敢拼、争先创优精神。现在的我，每当看到犯罪分子侵害无辜群众，每当看到群众义愤填膺、怒火满腔时，会义无反顾地冲上前去，铁肩担道义，铁拳斗凶顽，伸张正气，严惩不法分子，为老百姓撑起一方晴朗的天空。

在我的心里，虽然警察只是一个普普通通的名词，却承载着沉甸甸的责任，这责任又通过一件一件的小事展现在大家面前，如同涓涓溪流润入心田。我会谨记入警誓言，传承公安精神，牢记为何从警、为谁用警、如何做警，用我的青春和热血，用我的全部力量，为郑州的和谐奉献所有！

任永刚 男，汉族，中共党员，大学文化，1981年10月出生。籍贯：河北省魏县。2004年9月参加公安工作，现任郑州市公安局犯罪侦查局六支队二大队大队长，三级警督警衔。

智擒攀爬入室大盗

任永刚

攀爬入室盗窃犯罪看似普通，对群众的日常生活影响却很大。一旦象征着精神堡垒的住宅遭到侵犯，不仅使受害人的财物遭受损失，而且还侵害了受害人的隐私，破坏了受害人对于社会治安的基本信任和安全感，更有甚者，入室盗窃案还可能转化为抢劫、强奸、杀人等暴力犯罪。

我从事刑事侦查工作十余年，说起攀爬入室盗窃案件，就不得不先提一下地域性职业犯罪群体。全国各地形形色色的职业犯罪群体的兴起，得益于中国浓厚的家族人情传统，不管是攀爬入室盗窃、技术开锁盗窃、撬盗保险柜，还是短信诈骗、迷信诈骗、飞车抢夺等，那些靠“坑蒙拐骗偷”得来的不义之财，在转化为犯罪嫌疑人家乡的小洋楼或小汽车之后，换来的不是鄙视，而是羡慕、崇拜。即使大家都知道钱的来历不正，但越来越多的家族亲戚或是朋友老乡持续跟进，哪怕有不断判刑入狱的前车之鉴，仍然挡不住“前仆后继”的犯罪人群。各地的案例数不胜数。这种以“师傅带徒弟”“亲友拉老乡”的“传帮带”，使得同一区域的犯罪手法高度职业化，随着时代的发展进步，这样的地域性职业犯罪链条似乎没有断绝的迹象，更可怕的是作案手段越来越“炉火纯青”，且形成全国大流窜的局面。这是一个棘手的治安难题，更是社会转型期的阵痛。

出于职业的习惯，我对于某些“特殊”籍贯的来郑无业闲散人员和有前科的人员特别关注。2007年前后，全国各地公安机关正如火如荼地开展“科技强警”建设，所研发、使用的很多软硬件系统不像现在这么高科技，郑州当时刑侦系统的信息化水平相对于沿海开放城市公安机关起步和发展较晚，对于外地流窜至郑州的职业犯罪群体，很难通过信息化侦查触角发掘深层次破案线索。一名警察，想要完全撇开职业身份，投入另一个灰色的环境去了解渗透、获取线索也是很难的。怎么办呢？我们只能长期和社会上的灰色群体打交道,广交“三教九流”的“朋友”，从中选择一些愿意配合公安机关工作的人员为我们提供一些可靠的线索。在当时，一名合格的刑警是必须得有几个靠得住的“朋友”的。

我从2005年以来一直从事刑侦基础工作，因为业务需要，在工作中也主动接触一些社会闲杂人员，这些人中有讲江湖义气的，有贪图小便宜的，有偷鸡摸狗的，有害怕警察查老底的，更有想与警察拉关系的“老油条”。不管如何，在警队纪律和程序的双重约束下，有理有据地开展社会面防控工作，最大限度获取违法犯罪线索，争取为老百姓多破案、多追赃，这就是我的职责和追求。

2007年入夏以后，郑州市市区攀爬入室盗窃案件频发。犯罪嫌疑人多选择在凌晨1时至3时居民熟睡之际，针对照明条件差、人员流动稀少的僻静处、四通八达的开放性住宅小区伺机作案。楼房墙体外的下水管道、煤气管道、空调室外机及防护栏成为犯罪嫌疑人的攀爬入室“工具”，更有甚者，持气压切割钳剪断防护栏入室行窃。入室后，他们首选门厅、客厅、书房等区域，从事主抽屉、衣柜及随身穿戴的衣物中翻

找财物，特别是屋内的笔记本电脑、数码相机、手机、移动硬盘等小体积值钱物品屡遭盗窃。犯罪嫌疑人往往连续作案，一夜之间在同一区域侵害多户居民，少则两三起，多则十余起，一时间在群众中造成恶劣影响。

鉴于当时入室攀爬盗窃案件快速增多、破案率较低的严峻态势，市公安局领导要求切实加强社会面控制，有针对性地摸排入室盗窃案件销赃渠道，顺线追查销赃人和购赃人网络，争取从中打开突破口，打掉一批攀爬入室盗窃犯罪嫌疑人。当时郑州市区二手笔记本电脑、手机、数码相机交易市场生意火爆，这个行业本小利大，从业人员必须有很强的社会人脉才能找到卖主淘货。特别是被盗抢的二手电子产品，一般作案人都急于低价销赃套取现金，更有甚者通过案发地快递公司邮寄至外地或老家销赃，逃避案发地公安机关打击。按照上级领导指示，我有选择地在郑州市金水区科技市场、管城区豫泰二手电子市场等重点场所内开展控制工作，通过熟人介绍等方式，陆续与几名商户建立了"朋友"关系，他们陆续向我反映了一些盗抢案件线索，但始终未涉及攀爬入室盗窃的情况。俗话说"同行之间是冤家"。2007 年 10 月上旬，我熟识的一名从事二手电子产品回收的"朋友"称，在豫泰市场二层，他柜台旁边有个姓程的商户平日生意冷淡，但近几个月柜台上经常摆放一些高档二手电子产品出售，怀疑程某从非法渠道收购来历不明的二手笔记本电脑、数码相机、手机等物品，极有可能是被盗抢赃物。

得到该线索后，我立即与本队同事赵佳一起商量，制订好侦查计划后，我俩便乔装进入豫泰市场二层，对该程姓商户进行调查。通过几日跟踪，发现这个程姓商户柜台前回收物品确实很少，看来如果靠正常经营，很难短期收购大量的高档二手电子产品。那他柜台上出售的二手物品是从哪里收购的呢？为不打草惊蛇，我们调查了他在市场周边快递公司的接发货清单，发现该程姓商户从本地和外地收货的清单很少，但每日都向广州、深圳等二手电子市场发货，货单上均是手机、笔记本电脑、数码相机等，这就更引起了我的怀疑。为此，我和赵佳兵分两路，我负责从豫泰市场物业管理办公室调取程某备案的手机号码和身份证号码，通过技术手段分析程某的联系人；赵佳则继续负责守候跟踪，力争发现与程某交易的可疑人员。

我围绕程某进一步调查，发现其在凌晨4时至6时外出活动较为频繁，经常与贵州沿河县籍人员联系交易，而贵州沿河籍攀爬入室盗窃团伙在全国闻名。我敏锐地感觉到程某所收购的物品极有可能是为一个高危地区职业犯罪团伙提供的。就在我隐约发现程某可疑之处时，在豫泰市场负责守候的赵佳电话告诉我程某突然消失了，近两日没有到市场柜台做生意。难道程某嗅到了危险？必须赶紧找到他。我立即通过公安系统查询到程某的户籍所在地，前往位于管城区管城后街的户籍住址，经过打听左邻右舍才知道，程某年迈的父母在此居住，但程某平日很少回来，应该在外面租房居住。通过公安信息系统查询，程某没有违法犯罪前科，其名下没有汽车，近期也未发现程某到宾馆住宿的开房记录。通过调查，我发现程某近两日手机无通话来往，随后用街边固定电话拨打，其手机也已关机。

程某就像断了线的风筝，突然人间蒸发了，弄得我找不到任何头绪。我发疯似的查找程某的下落，几天过去了仍然没有消息。不能就这样放弃，既然程某躲着不露面，必须通过外围寻找蛛丝马迹。随后，我与同事赵佳开具了十余份银行查询通知书，前往郑州市工商、交通、建设、农业、中信等银行，对程某开展地毯式账户查询（当时全市并没有一个统一的银行账户查询渠道）。山重水复疑无路，柳暗花明又一村。2007年11月上旬，我们终于在中信银行查询到程某的账户。通过查证，从2007年7月至11月程某账户的交易每日都较为频繁，说明程某并未停止二手电子物品收购，他的交易只是从台面上潜伏到地下进行了。更可疑的是，其交易明细涉及的账户人员，有几个是贵州沿河籍人员（后在公安系统查询，身份信息系伪造，说明是用假身份证在银行注册账户）。我通过中信银行查询，落实到程某近期经常存取款的银行自动柜员机位置。随后，我们便前往蹲点守候。经守候了多日，一天中午程某终于出现了，我和赵佳小心翼翼地跟踪着，最后跟到了陇海中路一个小区 11 号楼里，至此，程某的租房处终于找到了。

程某只是一个可疑的收赃人，我们最终的目标是找到持续向程某出售赃物的犯罪嫌疑人，以此印证其是否为系列攀爬入室盗窃的犯罪团伙。这次我们不敢贴得太紧太近，只能在远处进行外围守候跟踪，特别是凌晨 3 时至 6 时，这是程某接头收货的关键时间段，从深夜至黎明，我和赵佳分班守候，坐在车里每人盯梢 2 小时，就这样轮流交替着，那段时间熬得筋疲力尽，但为了打开突破口，我们不敢有丝毫懈怠。几日后的一天，凌晨 5 时许，我们终于发现了程某的行踪，他一个人出了小区大门就径直沿陇海路向西走去。此时，郑州已进入初冬，天色仍较暗，路上的行人很少，街上除了清洁工人，就是睡眼惺忪的出租车司机。在这种情况下，跟踪程某更要小心谨慎。为此，我距程某 30 米左右沿主路旁的便道开车跟踪，赵佳距程某 20 米左右步行跟踪，跟了半小时左右，程某来到了陇海西路与京广路交叉口附近，我开车赶紧隐蔽到角落，拿起望远镜观察程某的动向。5 分钟后，从马路对面走过来两名男青年，其中一人手里提着两个黑色的笔记本电脑包。这两人鬼鬼祟祟地走到程某身边，相互之间简单说了几句后，程某便从裤兜里掏出了一沓钱，交给了提电脑包的男青年，该男青年便将电脑包交到程某手里，随后便离开。我赶紧给赵佳打手机，让他继续跟踪程某，我开车掉头，开始跟踪这两个与程某接头的男青年。

我跟了大约 300 米，看到两人进入了位于陇海中路的某 KTV 所在的院内，我赶忙停好车，步行悄悄进入该院内，看到两人进入 KTV 旁边的宾馆，我紧随其后，看着两人进入宾馆电梯，电梯升至三楼停下了，我就此不再跟了。随后，我来到该宾馆前台，在值班经理的协助下，查询了宾馆三楼所有住宿人员的登记信息。果不其然，在该宾馆三楼的311、314、316、317房间，登记入住的全部是贵州沿河县籍人员，而且在此已经住了近一个月。经询问该宾馆保安人员，得知三楼的这4间房内客人白天基本上不出屋，而晚上9时以后基本上都出去了，一般到第二天凌晨四五时才结伴回来。通过这次跟踪，我基本上发现了贵州沿河帮嫌疑人员的落脚处。

俗话说“抓贼抓赃”,如果在不掌握确凿证据的情况下贸然开展抓捕，对以后审讯深挖和诉讼程序不利。为此，必须将该团伙摸排透彻，调取相关物证。经请示上级领导批准后，我和赵佳于11月17日22时又来到该宾馆，向宾馆总经理出示了工作证件及相关调取证据的法律手续，在征得宾馆经理同意的前提下，我和赵佳换上该宾馆清洁工的服装，在确定嫌疑人入住房间内无人的情况下，悄悄进入了311、314、316、317房间进行取证，陆续提取了房间内的头发、烟蒂、指纹、鞋印等物证。同时，我们在314房间床下发现了一套气压切割钳，在316房间桌子上发现若干银行卡、会员卡和身份证件，我们逐一拍照取证。返回单位后，我们迅速将提取的物证送刑事科学研究所进行技术鉴定。经鉴定比对，所提取的物证与市区多起攀爬入室盗窃现场勘查的痕迹物证一致。随后，经在公安网系统查询那些提取的银行卡、会员卡和身份证件信息，我们先后联系到了5起攀爬入室盗窃案件的受害人。

为做到一网打尽、人赃俱获，时任刑侦支队四大队大队长张合斌立即安排多名侦查员对该贵州籍团伙人员进行全程贴靠盯梢。2007年11月25日，根据前期掌握的情况我们决定收网。18时许，大队长张合斌安排多组警力在陇海中路该KTV院内外架网守候，副大队长刘华玉则带领我、高阳、王鹏飞等六名侦查员进入丽都宾馆315房间，通过房门“猫眼”观察314房间动向。22时许，314房间的门打开了，走出来两名男

青年去敲316房间的门，我赶紧电话通知埋伏在院内和宾馆门口的同事伺机抓捕。在看到314和316房间内的嫌疑人一起坐电梯下楼后，我们楼上、楼下同时行动，在宾馆工作人员配合下，快速打开311、317房门，我们一拥而上将房内三名嫌疑人控制。与此同时，楼下多组警力也将出去踩点作案的四名嫌疑人员当场擒获。此战，共计抓获以冉茂善为首的七名贵州沿河籍犯罪嫌疑人。随后，我们一鼓作气，将涉嫌收购赃物的程某抓获，追回被盗笔记本电脑80余台、高档数码相机30余部、手机50余部、移动硬盘22个，共破获郑州市攀爬入室盗窃案件100余起。

在讯问犯罪嫌疑人程某时，我特别质问其为何自2007年10月下旬后不在豫泰市场露面做生意。程某无奈地告诉我，豫泰市场是郑州最大的二手电子产品交易市场，200多家商户鱼龙混杂，一些人曾因购赃受过公安机关打击处理，很多商户之间均存在竞争和合作关系，他在豫泰市场干了三年多，也算是个人熟地熟的“老油条”。10月下旬，他听同行人说好像有便衣警察在市场“游逛”，因为经常与盗贼进行非法赃物交易，做贼心虚便不敢到市场交易，平时与贵州沿河的朋友私下交易，通过物流公司将收购的赃物转移至沿海城市电子市场贩卖。程某还主动交代，豫泰市场还有几名他熟悉的商户从事非法交易。在程某的指证下，我们又陆续抓获了三名涉嫌非法收购涉案赃物的商户，为受害人追回了大批被盗物品。鉴于这种情况，为堵塞犯罪分子窝赃、销赃的渠道，当年，我与搭档赵佳深入调研，起草了《郑州市公安局关于规范旧手机交易管理和控制的工作机制》《郑州市公安局关于控制销赃渠道工作机制》，经市公安局领导研究同意，均以市公安局文件印发，对基层民警开展相关工作起到积极的指导作用。

王丹 男，汉族，中共党员，大学文化，1979年5月出生。籍贯：河南省郑州市。2003年4月参加公安工作。现任郑州市公安局犯罪侦查局一支队民警，三级警督警衔。

一次特殊的境外追捕

王 丹

2003年年初，我被分配到郑州市公安局刑侦支队（现更名为犯罪侦查局），开始从事打黑除恶工作。从警十二年来，我亲手抓获了上百名涉黑涉恶犯罪嫌疑人，有公安部B级通缉逃犯宋建军，有命案逃犯李晓东、刘育才等。然而最令我难忘的，还是一次历时29天、行程3000余千米的一次跨国追捕。

在成功侦办巩义市以刘体文为首的黑社会性质犯罪组织后，侦查员发现刘体文背后还有“大哥”。2009年6月，“大哥”刘书营被抓获归案。在落实案件细节的过程中，跟随刘书营的骨干分子聂某武“浮出水面”。因刘书营参与的许多案件需要得到聂某武的印证，所以抓获聂某武的工作迫在眉睫。经摸排发现，聂某武长期以开设赌场为生，聚众赌博，甚至拉拢内地赌徒在境外网站上进行赌博、赌彩等。通过人物刻画，我们发现聂某武性格孤僻、行动诡异、反侦查能力比较强。另外，聂某武已被打草惊蛇，通信方式一天一变，每天手机开机时间仅为一小时，而且藏匿位置不定。几经曲折，我们终于从与聂某武经常联系的三名赌徒那里得知他已经潜逃至老挝边境，以连线内地赌徒通过网络进行赌博从中“抽水”为生。专案组决定由我带队前往境外，抓捕聂某武。

收拾好行李，带着抓捕聂某武所需的法律手续，做好克服所有困难的思想准备，我和另外三名干警便踏上了南下的火车。长途跋涉后，我们经过云南西双版纳自治州勐腊县磨憨口岸，到达了老挝磨丁黄金城。

第一次身处异国，我们却没有一丝的新鲜和兴奋感。时间的紧迫让我们忘却疲倦，来不及调整休息，我们立刻启程前往著名的磨丁赌场。赌场很大，分为好多厅。厅里面安装着密密麻麻的摄像头，还有许多保安在巡逻。在前往磨丁赌场之前，我们对当地的情况进行了了解，知道赌场里面的保安很厉害，会采取一切手段去维护赌场的利益。因此我们这次行动既要确保自己的人身安全，又要随机应变、完成抓捕任务。

于是，我将四名干警分成两组，彼此照应着，开始在赌场里面转悠，寻找聂某武。两天过去了，我们一无所获。第三天下午，当经过赌场大门的时候，我不由地回头看了一下保安，发现保安也在用余光盯着我们。以前我们在中国境内蹲点守候的时候，也时常发生这种情况，但只要我们不暴露自己的身份，对方也只是猜测，不会怀疑我们是警察，更不敢对我们进行盘问或者人身攻击等。然而，这是在境外，又是在一个人员混杂的地方，稍有闪失，就会给我们带来许多意想不到的麻烦。出于安全考虑，我让其他人先行退出，自己购买了一些筹码，假装下注，并从提包中掏出一个笔记本，认真地记录着输赢情况，还不时跟旁边的人说话、询问该往哪边押注等。慢慢地，那些保安觉得我也是参赌的，注意力开始从我身上逐渐移开。

技术手段在这里已经发挥不了作用，侦查还得回归原始手段。既然蹲点守候没有达到目的，那么就得通过“以人找人”的办法，扩大搜寻范围。在赌场，大家很少说话，都在专注于赌博。所以，我们还得从赌场周围的饭店、商场、旅馆寻找河南人，从他们那里获取更多的信息。接下来，我们兵分四路，吃饭的时候分布在不同的饭店，尽可能延长吃饭时间；休息的时候，也住在不同的宾馆；没事的时候，都在大厅里待着，认真收集着过往的每一个人的情况。

通过努力，好消息终于传来。一个同事在吃饭的时候，突然听见了久违的河南口音。在没有了解对方基本情况的条件下，我们没敢贸然搭话。饭后，我们跟着那个人到了他的住处。第二天上午9时，我们又跟着他到了赌场。为了接近那个人,我开始在他对面坐下,一起赌博。晚上，那个人出了赌场，我赶紧跟了上去，搭讪说："你也是河南人吧，我好像在哪见过你。"那个人先是一愣，接着开始问我是哪里人，我说老家是河南南阳的，前几天刚到这来。我又问他是哪里人、来了多长时间。他说他是洛阳的，在这里快两个月了。大家笑了笑，算是彼此认识了。我说："既然大家是老乡，在这里认识不容易，今天赢了点儿钱，请你吃饭。"对方客套了一下，最终还是答应了。在饭店里，我要了两瓶好酒，俩人一边吃着喝着，一边海阔天空地瞎聊着，不知不觉一瓶酒已经下肚。酒喝到一定程度，感情就会"升华"，我开始从胡侃转到正题，试探着问这儿有多少河南人，他说不多。我又问他都认识谁，他逐一跟我说，然而却没有聂某武的名字。听到这里，我不免有些担心，不知道他是真的不认识聂某武，还是有意隐瞒了这个人。又碰了几杯酒后，酒精发挥作用，对方说话有些舌头打结，变得语无伦次。我抓住机会，突然问他："你认不认识小聂？"他说不熟悉。我又追问了一句："就是巩义市的聂某武，现在也在这里赌博。"他说真的不认识。听到这里,我悬着的心放了下来，故意装出很生气的样子说："这个人把我领到这，不管我了，还拿走了我一万块钱。"猛喝一杯酒后，我接着说："你在这认识的人多，帮我打听打听，看看人在哪，一定要注意保密。"对方爽快地答应了。

第二天在赌场里，我找机会再次提醒了他。他说只要姓聂的在磨丁就能找到他，让我等着他的消息。中午，我再次请他吃了饭，还给他买了条烟。又过了一天，他主动找到我，说："我的朋友认识一个姓聂的，郑州人，在磨丁长庆饭店住，不知道是不是你要找的人。"听完后，我强压住内心的喜悦，装作若无其事的样子说了声："谢谢！"便借故离开了赌场，带着其他几名侦查员，直扑长庆饭店。

功夫下到一定程度，好运就会眷恋你。我们终于在长庆饭店的门口发现了聂某武，并跟踪他到了房间外。令人意想不到的是，聂某武腰间竟然别着一把刀。如果在中国，即使聂某武拿着刀指着我，我也会毫不犹豫冲上去，将其制伏。然而，这是在境外，就算聂某武不还手，我们也不能随意把人控制住。

万事俱备，只差最后一击。晚上，我们在一起商量怎样才能把聂某武抓获归案、顺利带回国内。有人说通过外交途径，让当地警察配合；有人说趁着夜色租辆汽车，抓住聂某武，往汽车里一塞，强行拉回国内……最后，没有境外抓捕经验的我们感觉哪一种方法都不可行。

在无计可施的情况下，我们只好重新部署，对聂某武进行每天长达16小时的化装侦查、跟踪守候，同时利用之前已经建立的朋友关系，打听聂某武在磨丁的生存现状，进而发现他的软肋，挤压其在磨丁的生存空间，迫使其自动回国。功夫不负有心人，三天后，好消息不断传来。原来，聂某武曾到过磨丁，对磨丁有一定的了解，所以在其他犯罪嫌疑人被抓获的时候，他直接来到这里，本想通过赌博赢点儿钱做些生意，谁知反将自己携带的钱全部输光了，目前仅靠给赌场介绍赌徒赚取介绍费为生，生活窘迫。因嫌疑人的身份受限，聂某武也不敢正常出入我国边境的磨憨口岸。

基本情况调查清楚后，我们开始对症下药，立刻与专案组取得联系，要求专案组在最短的时间内冻结聂某武的资金账户；对他的护照进行出入境限制；通知每一个与聂某武有联系的赌徒，如果给聂某武提供资金帮助，将以窝藏罪追究其刑事责任；同时做好聂某武家人的思想工作，劝说其投案自首……

四天后的晚上，我感觉时机已经成熟，遂带领侦查员敲开了聂某武的房间，将其迅速控制住。搜完身后，我让聂某武坐在椅子上。谁知，聂某武对我们的到来没有感到一丝惊讶，反而问我们是不是来抓他的。我说是的。他说这是老挝，我们没权抓他。我说："你错了，你是嫌疑人，出入境是受限制的，我们可以申请当地警方把你强制驱除出境。"聂某武开始沉默，低头不语。我接着说："天网恢恢，疏而不漏。你干了违法的事情，即便逃到天涯海角，公安机关也会找到你的。"

聂某武开始犹豫。我接着说："赌博和吸毒一样，会导致家破人亡。你介绍其他人来这里赌钱，表面上是赚了几千块钱的介绍费，却害了一个又一个家庭。当那些人输了钱后，你就不害怕他们报复？你可以逞英雄，你的家人怎么办？他们需要你的时候，你在哪里？"

聂某武叹了口气，无奈地摇了摇头，思想出现动摇。我继续说："在这里，你没有亲人、没有朋友、没有地位，连基本的生活保障都没有，精神还高度紧张，迟早有一天会崩溃的。还不如跟着我们回国自首，出狱后，坦坦荡荡地与家人一起生活，多好呀！"

随后，我让民警打开电脑，播放了专案组民警走访聂某武家人、与聂某武孩子的一段对话。画面中，八岁的孩子天真无邪。民警问他："你想不想爸爸？"孩子说："想。"民警再问："你知道爸爸去哪了？"孩子回答："出差了。"民警又问："你想不想赶紧见到你爸爸？"孩子回答："当然想了，他答应带我出去玩呢！"看到这里，聂某武再也坚持不住了，大哭起来。我对他说："跟我们走吧，家人非常想念你，都在盼着你回去呢。你已经伤害他们一次，不要让这种伤害继续下去了。你躲在这里，什么时候才是个头？我相信，只要你主动交代自己的问题，法律一定会给你一个改过自新的机会。”聂某武思索了几分钟，稳定了一下情绪，用恳求的语气对我说：“能不能让我再见孩子一面？”我点了点头，算是默许了。

之后，我们收拾好行李，与聂某武一起回到国内。在勐腊县，我们向聂某武出示了法律手续，给他戴上手铐、脚镣，一起踏上了返程的道路。

坐在火车上，回想起民警与聂某武孩子的对话，我也很心酸。在郑州火车站，我将聂某武的手铐、脚镣打开，让他与妻子、孩子见了面。聂某武拥抱了一下妻子，然后对孩子说：“爸爸又要出差了，等回来了再带你出去玩。”孩子问：“要多长时间？”我接住话说：“你爸爸不会骗你的，很快就能回家。你要好好学习，在家里等着爸爸。”孩子似乎明白了什么，用力地点了点头。

将聂某武移交给专案组后，我赶紧回了家，因为即将临盆的妻子在等着我。两个星期后，我的儿子出生了，我做了父亲。我给孩子取名“瑞增”，虽然我陪伴他的时间很少，但祈求他永远健康、平安。

第三篇

守护绿城

赵海军　男，汉族，中共党员，大学文化，1970 年 8 月出生。籍贯：河南省西平县。1991 年 8 月参加公安工作。历任郑州市公安局预审处民警、刑侦支队副大队长职务，现任犯罪侦查局一支队支队长。一级警督警衔。

一次艰难的审讯

赵海军

审讯室内静悄悄的，我们三个审讯员泰然自若地看着审讯椅上呆若木鸡的女犯罪嫌疑人陆翠花（化名）。她一副坐立不安的样子，两眼空洞地一会儿看看我们，一会儿看看自己的手，一会儿又看看地面，精神上的巨大压力已让她接近崩溃。已经审讯十天了，终于第一次出现了我们渴望的突破时机……

让一个人认罪可不是一件容易的事，回想这十天的审讯，为了给逝去的无辜的孩子一个交代，为了还社会公平正义，更为了警察的责任，我们几个审讯员绞尽脑汁、费尽心思，提审、取证、开会研究审讯方案，再提审，已经无休止地与犯罪嫌疑人唇枪舌剑斗了不知多少个回合。这期间，我们经历了犯罪嫌疑人大喊大叫、喊冤叫屈，感受了犯罪嫌疑人装疯卖傻、胡搅蛮缠，体会了犯罪嫌疑人巧言善辩、顽固抵赖。我们的精神和体力也达到了极限，但为了实现既定目标，我们以顽强的斗志、坚忍不拔的耐力，穷尽所有审讯策略和语言技巧，就是为了挫败陆翠花的抗拒意志，瓦解其心理防线，最终取得审讯成功。

两个老审讯员眼里布满了血丝，我作为一个初出茅庐的“菜鸟”，精神一直处于亢奋状态，但也明显感觉到了体力透支。唯一支撑我们的就是手中一根接一根点燃的廉价香烟，审讯室和办公室的烟灰缸不一会儿就会堆满烟灰和烟蒂。与其说这是自毁身体，不如说是释放压力、提振精神，但我们无怨无悔。经过几番商议，今天的审讯方案确定了，仅靠政策攻心、说服教育并不能突破犯罪嫌疑人坚固的心理防线，而敲山震虎式的呵斥也不能给她更多的压力，必须采用迂回提问和感情关联，以期利用她人性中的某些弱点，让她的思想屏障自我瓦解。

审讯室里，我们三个人对了对眼神。按照既定方案，一个老审讯员突然大声质问：“陆翠花，你自己犯了严重的罪行还不算，是不是准备把你全家都推到深渊当中，你对得起养育你的父母吗？”我们两个也站起来，义正词严地说：“陆翠花，你和家人的出路就掌握在你自己手里，坦白从宽、抗拒从严的政策就在你身上体现……”老审讯员紧接着质问道：“你别以为什么都不说就可以蒙混过关，现在各种证据都指向你，你家人也都清楚你的犯罪事实。你不说，我们搜集齐证据照样重判你，还可能牵涉到你的亲戚朋友。你一个人的错，何必牵连亲人，快点儿老实交代……”

一阵暴风骤雨般的语言攻势之后，已经“顽强”抵抗半年的陆翠花突然哭了起来，疯狂地撕扯着自己的头发，我们上前制止了她的自虐行为。等她渐渐地平静下来，一名老审讯员适时地递给她一张纸巾，陆翠花深深地看了一眼老审讯员，一种恐惧且无奈的表情挂在脸上，此刻她大脑里正激烈地进行思想斗争。老审讯员像长辈一样地讲道：“孩子，你必须向政府讲清楚，才能减轻自己的罪责，才能救你的全家，我们政府才能给你找到一条出路。”老审讯员站在陆翠花的立场上进行了一定时间的耐心教育。陆翠花认真地听着，眼泪又不自觉地流了出来。我敬佩地看着这名老审讯员，刚才他像一个斗士，现在他又像一个慈祥的长者，内心是那样强大，又是那样的睿智，从他那不紧不慢但抑扬顿挫的话语里，我悟出很多东西……

不知不觉三小时过去了，陆翠花眼泪就没有断过，她面部肌肉抽搐，不时地舔着自己的嘴唇。看到她的表情，我赶忙倒了一杯水端到她手边，耐心地说："咱们在一起交流了这么久，其实目的很明确，就是要证明一个客观事实。我们如果没有经过全面调查，没有充分扎实的证据，是不会有底气和信心这样坚持与你谈心的。别说十天，就算是几个月，我们也绝不会放弃对你的审讯。即使你不说，我们也要'零口供'把你拿下。当然，你的顾虑我们可以理解，但我不希望你为了一些不值得的人或事情，葬送了你的生活，甚至是生命。现在铁证如山，你只有主动坦白，才能挽回一线生机。"陆翠花抬起头看看我坚定的眼神，颤颤巍巍地问了一句："像我这样的人会判多少年？会不会判死刑啊？"还没有开口交代，就问自己能判什么刑，说明陆翠花已经受到了触动和刺激，有交代和立功的想法。我乘胜追击，赶紧宽慰她："法律是公正的，主动坦白认罪，肯定会从宽处理。再说，制定法律就是要宽严相济，给予做错事情的人一个改过自新的机会，就看你能不能把握住了……"

陆翠花思索了 5 分钟，终于长叹一声说："报告干部，我对不起那个孩子，也对不起你们。我错了，请求政府给我一个机会，也给我家人一个机会。"听到这句话，我们三个同时长舒了一口气，心里的大石头终于可以落下了，看来今天我们采取"高压"逼迫和"低压"缓和并举的方式奏效了。我强行压制住了内心的兴奋，认真仔细地记录下她说的每一句话，彻底还原了这个令人发指又令人痛惜的犯罪过程：三年前，陆翠花在打工时遇到了郭玉（化名），这个有妇之夫使她深深坠入了爱情的深渊。郭玉无数次地给她希望，说会离婚娶她为妻，可最后都化作泡影。在经历了无数次的欺骗后，她终于忍无可忍，对郭玉仅七岁的女儿举起了屠刀，杀人碎尸。事后，她又与家人和郭玉建立了“攻守同盟”，企图逃避打击。

半年前，巩义市公安局接到死者母亲的报案后，公安机关将陆翠花抓获，但由于证据不足，陆翠花拒不交代，案件侦破陷于停滞。二十天前，市公安局受理该案，指定我跟着两名老审讯员一起上案。在掌握了大量的证据下，为了还原完整的作案过程，本着不冤枉一个好人、更不能放过一个坏人的原则，还巩义人民一个朗朗乾坤，我们三个人经过十余天艰苦卓绝的审讯工作，终于取得重大突破，可以告慰死者的亡灵了。

审讯犯罪嫌疑人实际上就是一场复杂的心理战，是一场攻心斗智的较量，好在今天我们三个终于拿下了这块“硬骨头”。记完了讯问笔录，做好了同步录音录像，把陆翠花送回监区后，我们三人从“老虎口”（看守所大门）出来。天空里繁星闪烁，微风吹在疲惫的脸颊上，我们不由地停住了脚步，又点燃一支香烟，深深吸上一口，喊了声：“回去睡觉喽……”

蒿新安 男，汉族，中共党员，大学文化，1978年8月出生。籍贯：河南省范县。2004年4月参加公安工作。历任郑州市公安局中原分局刑侦大队第五责任区刑警队副中队长、郑州市公安局建设路分局案件侦办大队命案中队指导员，现任郑州市公安局龙子湖分局案件侦办大队打黑除恶中队副科级侦查员，三级警督警衔。

押解容不得半点疏忽

蒿新安

往事是一丝淡淡的风，往事是一片悠悠的云，总是挥之不去，萦绕心间。自2004年4月16日从警察学校培训结束，我参加公安工作至今已有十一年，一天也没有离开过刑警队。要问我办理过的刑事案件具体有多少，只能一页一页翻看工作日志，统计工作等将来退休之后写回忆录的时候再做吧。若要再问我抓捕过多少杀人犯，我真的记不清楚。但有一件事，时隔八年至今深藏脑海，成为挥之不去的记忆。

2007年1月27日，我队接中原区公安分局指挥中心指令：中原区西十里铺北街一出租房内发生一起入室抢劫强奸案。刘队长带领我和同事小程驱车赶赴现场，到达现场后有序展开侦查工作，经调查询问得知：被害人吴某（女，18岁，某饭店员工）晚上在租房处睡觉时，被一名男子持刀威胁强行发生性关系，随后被害人的手机和财物被嫌疑人抢走。根据被害人陈述及现场勘查、调查访问情况分析，嫌疑人单独作案，年龄 18~25 岁，体态较瘦，身高 1.62~1.65 米，本地口音。嫌疑人与被害人之前有过正面接触，对现场周边环境熟悉，其活动范围应该在犯罪现场周边。侦查范围划定之后，我们便以案发现场为中心，向外围辐射，开展走访排查。不到一天，侦查员在现场北面隔两排一处出租房排查时，房东白某反映，其家中一租客赵刚（化名）体貌特征与嫌疑人非常相似，且在案发后不辞而别，去向不明，但房子还未二次出租。随后民警在房东的见证下对该住处进行现场勘查，成功提取到赵刚的生物检材。后经生物技术比对，确定赵刚有重大作案嫌疑。随后侦查员围绕该嫌疑人赵刚开展工作。通过到赵刚的户籍地新郑市调查发现，其父亲因犯抢劫强奸罪在 1983 年严打过程中被判处死刑，母亲早已改嫁，赵刚自幼随爷爷奶奶生活，成年后长期在外打工，很少回家。然后民警经过到铁路部门调查，发现嫌疑人赵刚已经于案发后乘郑州至深圳的火车逃往外地。

2007 年 3 月上旬，根据大队领导安排，由我带领民警小范，配合市公安局民警老黄前往深圳抓捕犯罪嫌疑人赵刚。抓捕过程不外乎是蹲点守候、走访调查。一周之后，我和小范在深圳龙岗区横岗街道办事处附近一家工商银行门口，将试图在此取款的赵刚当场抓获。经初步讯问，嫌疑人赵刚如实供述了入室强奸抢劫的犯罪事实。之后，我们向单位领导做了汇报，并订了第二天上午深圳直达郑州的唯一一趟火车 (这里要强调的是当时火车没有现在高铁这么快速，也没有现在的封闭车厢 , 只记得还是一辆绿皮车，行程比较长 , 到郑州要 20 多小时) 的车票。本以为第三天早上安全到达郑州之后就能完美收官了，接下来在火车上却遇到了让我意想不到的重大挫折。

因为要在火车上过夜，所以我们三名民警做了分工，分时段看守犯罪嫌疑人赵刚。老黄负责晚上 8 时到 12 时，我负责 12 时到第三天凌晨 4 时，小范负责凌晨 4 时到早上 8 时。前半夜安然无恙，凌晨 4 时多我喊醒小范，让他继续看守嫌疑人，换我休息一下。大约凌晨 6 时，此刻列车正减速通过九江长江大桥，嫌疑人赵刚提出要去厕所，当时我正在车厢上铺睡觉，没有多想就把手铐和脚镣钥匙给了小范，让他押着赵刚去厕所。蒙眬之中我听到小范急促的敲门声和叫喊声，感觉不妙。我猛然清醒，一下从火车上铺跳下来跑过去，一脚踩开厕所门，发现厕所窗户铁栏杆被破坏，玻璃窗半开，嫌疑人赵刚已无踪影。这时听附近座位起床早一点儿的乘客说看到有个身影在车窗玻璃闪了一下。我吓傻了，赶紧打电话向大队领导汇报这个突发状况，又拨打“110”报警电话，请求铁路沿线派出所协助布控抓捕。当时，我如同热锅上的蚂蚁不知所措，闻讯赶来的乘务员呼叫了乘警老赵，乘警老赵当机立断，通知列车长呼叫过往车辆注意留意嫌疑人。该趟列车在湖北武穴站停下后，根据嫌疑人跳车时间在 6 时 15 分至 20 分之间，乘警老赵推测嫌疑人跳车区间为京广铁路孔垄镇至蔡山镇。经过商量，我们决定分别从两个站往中间徒步寻找嫌疑人跳车地点，之后我们三人租赁当地一辆出租车直接到蔡山站，老黄和小范下车沿铁道逆行徒步寻找嫌疑人跳车地点，我在乘警老赵的协助下赶到孔垄站沿铁道顺线徒步寻找嫌疑人,整整 28 千米的路上，没有发现嫌疑人任何踪迹。

嫌疑人从时速一百多千米的列车车厢厕所里面消失之后，是跳车摔死还是逃跑了，还是虚晃一招混迹在乘客之中，或者是现正在火车上面某个角落里面隐藏着？各种推测、猜想充斥着我的大脑。如果嫌疑人跳车摔死了，其家属会不会控告公安机关？我本人会不会也因此身陷囹圄？我怎么面对我的家人？如果嫌疑人成功跳车逃跑，我怎么面对领导，怎么面对我的同事？难道能把责任推到小范身上吗？下一步工作怎么办，是继续在划定的跳车区间排查抓捕，还是打道回府、从头再来？各种担心、焦虑和无尽的懊恼折磨着我。责怪搭档小范不能解决任何问题，领导的宽慰不能让我释怀。整整一个月，我和小范在划定的跳车区间沿途村庄发布悬赏通告，找辖区派出所协助通知各村治保主任沟通信息，本来不大的两个小镇，我们两个警察瞬间成为名人，感觉出门就会被人认出我们这两个“笨蛋”，羞愧之情无以言表。在当地工作了许久，也没有发现嫌疑人的任何线索，无奈回到单位。我被戏称为“开创了中原公安分局带逃犯跳火车的先河”，从此我像变了个人，不再喜欢说笑，不再喜欢运动。我的队长也是我的入警师傅看到我的变化，多次找我谈心，让我放下思想包袱。检讨书写了一遍又一遍，撕了写，写了撕，总是不能表达我辜负领导对我信任的愧疚，每次交检讨书刘队长都微笑着给我来一句：“写这弄啥嘞？谁让你写嘞？不写了，相信你能再次抓到赵刚。”

士为知己者死，女为悦己者容。在领导的信任和鼓励之下，我和小范重拾信心，再次翻看卷宗，回访嫌疑人赵刚在西站路某火锅店打工时的朋友，远赴广州调查赵刚关系人，终于发现赵刚使用的假身份及网络虚拟身份，最终获取了赵刚在湖南怀化多次上网的线索。我和小范火速赶赴湖南怀化，在当地警方的配合下，发现赵刚在一网吧出现。恐其发现我们再次潜逃，在怀化警方配合下，我们悄悄进入网吧将赵刚团团围住。我说了句：“赵刚，咱们又见面了！”赵刚看到我的那一刻，脸上露出惊愕的表情，满脸大汗，接着跪在地上，恳求原谅。此时我和小范没有责怪他，生怕押解途中再出差错，在怀化至郑州的火车上整整 22 小时没有合眼，直到送进看守所才如释重负。

行内有句俗话：一辈子不当刑警，不算干过警察。再奉上一句：没有经历过挫折的刑警，不算拥有完美的刑警人生。通过这次曲折的押解，我深深体会到刑侦工作就是一百减一等于零，接处警、立案、侦查、调查取证、查缉抓捕、看守押解任何一个环节出现失误，哪怕一个小小的瑕疵，都有可能造成整体工作失败。希望每位刑警在工作中能以此为鉴，牢固树立安全意识，胆子可大，更需心细。

靳兵利　男，汉族，中共党员，大学文化，1979年10月出生，籍贯：河南省兰考县，2003年4月参加公安工作，现任郑州市公安局犯罪侦查局二支队一大队大队长，三级警督警衔

我当刑警的感受

靳兵利

2003年7月25日，经过在郑州市人民警察学校五个月的入警培训，我完成了从一名中学体育教师到一名刑事警察的转变。经过十几年的成长和磨炼，使我体会更深的不是所取得的成绩与荣誉，而是我成长历程中的担当、坚持与缺失。

担　当

什么是担当？我认为担当是敢于直面困难，敢于承担风险和责任，关键时刻敢于冲锋，不怕艰难险阻，拥有百折不挠、永不服输的韧劲和毅力，不达目的誓不罢休，这就需要我们付出毕生精力去努力践行。

入警以后我就来到郑州市公安局刑侦支队当上了一名刑警。有人说，穿上这身警服，就是穿上了一份使命与担当，我对此有深刻的理解是从一次抓捕开始的。

2004年下半年，我们历时10多天侦查一个盗窃团伙，抓捕的当晚，时任中队长张学军同志分派任务。由于犯罪嫌疑人人员多、藏身地点分散，我们需要分成四个抓捕组同时行动。学军队长当时告诉大家："这次抓捕，支队的同志负责指挥，分局配合，我、郭威、兵利、郭盛各带一组，到指定位置摸清情况后，就实施抓捕。"

张学军队长把枪发到我手里时，我脑袋都蒙了，我可是刚入警的"菜鸟"，让我负责指挥，心里没底。回头看看分局刑侦队的同志，我当时就请求学军队长换分局的老同志带队。他严肃地说："这次抓捕，就是你带队，分局的同志听你指挥，到了之后，你也不要事事向我电话汇报。人抓不住我们回头再抓，不要怕。"

当天晚上，在金水区燕庄，年轻的我当仁不让。在弄清楚犯罪嫌疑人没有在房间后，我果断找来房东打开房门，安排分局的同志潜入房间守候，自己在外围车上守候。一小时后，当疑似犯罪嫌疑人的四名男子进入楼道后，我首先电话通知屋内的分局同志提高戒备，如果有人进入立即抓捕，如无情况，等我进一步的确认指令。打完这个电话，我进入楼道，尾随这四名男子上到顶楼平台。在确认其中一人就是我们要抓的犯罪嫌疑人时，来不及通知分局的同志，更来不及有任何犹豫、畏惧、退缩，我义无反顾地冲了上去，拔出手枪大喝一声："都不准动，九处的！"四人当时呆若木鸡，不知所措。我一手举枪瞄准四人戒备，一手指着嫌疑人高声呵斥道："给我双手抱头蹲下，谁敢乱动直接开枪！"也许是被我威严的气势震慑住了，四名嫌疑人全部乖乖蹲下束手就擒。直到我电话通知分局的同志上来，将四人铐上手铐，其中一个犯罪嫌疑人才嘟囔了一句："多大的事，九处的都来了。"

当我见到学军队长，他拍了拍我的肩膀，笑着说："干得不赖。"我心中的兴奋之情再也无法掩饰。那一刻，我认识到自己不仅是对社会负责，对人民群众负责，同时也是对自己负责，并在承担这份责任时感受到了自己的价值。我学会了担当。

坚　持

什么是坚持？你有了某种坚持，就意味着要比他人吃更多的苦，熬更多的夜，受更多的罪，绞更多的脑汁。所以对于警察而言，坚持是一种信仰，因为信仰是坚持的动力，坚持是信仰的过程。坚持更是面对挑战永不放弃，能够在快要放弃的时候挑战成功，就是坚持的胜利。

2012 年 3 月 8 日，金水区某小区发生一起命案，死者叫秦某莲和王某冉，系母女二人。犯罪嫌疑人把王某冉和其母杀害后，还对她们进行碎尸，然后把这些碎尸藏于地下室，作案手段极其狠毒。经过前期侦查，王某冉的丈夫陈诚（化名）有重大作案嫌疑。陈诚，男，36 岁，河南省某报社文体部副主任。此人智商高，阅历丰富，思维缜密，谨慎多疑。此案陈诚蓄谋已久，计划周密，潜逃后几易身份，故设迷局，刻意扰乱公安机关的侦查方向，回避常规的侦查措施。如此狡猾的犯罪嫌疑人近年来少有。

专案组前期整合多部门、多警种的精锐力量，从交通、通信、金融、互联网等各个方面入手，赶赴长沙、成都、重庆及广州等地进行布控侦查，但狡猾的陈诚却一次次逃过抓捕。最遗憾的是在重庆，专案组民警通过综合侦查手段，追查到了陈诚的落脚点，当我们兴冲冲地赶到时，却已是人去楼空。一个月的较量，陈诚屡占先机，专案组工作陷入低谷，参战人员士气低落。为扭转局面，市局领导改变大兵团作战，由我牵头，抽调专案组三名骨干侦查员组成四人追逃小组，强力攻坚。

临危受命，我倍感压力，多次与小组其他成员交换意见，统一思想，坚定信心。我从整理前期工作资料入手，对陈诚进行研究，提出了“坚持从分析陈诚的行为模式入手，在网络上寻找突破口”的侦查思路和“多部门合成跟进查证”的工作模式。随着工作的不断推进，我们的工作方向越来越清晰，就是“通过网络平台查找嫌疑人的信息，最终找到陈诚”。

为了查证相关信息，获取相关的原始数据，我带领追逃小组五下重庆、四去长沙、三上北京、两赴杭州，还奔赴昆明、成都、武汉、西安、南昌、沈阳、广州、深圳等全国20多个大中城市，行程10万余千米，8月在长沙出差期间，我持续高烧不退，在坚持打点滴的情况下，仍然没有中断工作。

坚持就会有收获。经过几个月的分析、比对，我们发现一个叫“张必良”的虚拟身份与陈诚的网络行为高度类似。11月16日，专案组依据我们查获的这条线索在贵州省安顺市抓获了犯罪嫌疑人陈诚。

警察，这份需要24小时待命、需要走访于全国各地、时刻面临生命危险的职业，需要义无反顾的坚持。刚而有韧，大事可成，坚持就一定有收获。

缺　失

什么是缺失？工作家庭难两全，既然要做好工作，就要付出牺牲。“舍小家、顾大家”已成为一种习惯。作为一名刑警，在单位我可以称得上称职，但对于家庭，却很难说是一个合格的儿子、合格的丈夫、合格的父亲，这也是一种无奈的缺失。

2007年5月9日，我的女儿析析出生了，非常可爱，今年已经8岁了。然而我这个不称职的爸爸竟一次也没有陪她过过生日，不是出差，就是加班。记得有一次出差很久才回到家里，女儿一见面就噘着嘴对我说：“爸爸，你再不回来，我就不认识你了。”每次我疲惫地走进家门，妻子的眼神都充满了埋怨与心疼。每当想到这里，我的内心就充满愧疚与无奈。作为一个儿子、丈夫、父亲，我缺失太多，对家庭亏欠了太多。

现在，女儿已经上小学了，可在我心中却一直有一种遗憾和愧疚，那是对她的一份迟到的尊重。以前，我一直认为幼儿园组织的各种文体活动参加不参加都无所谓。可当孩子兴高采烈地扑向我怀里的那一刻，我突然明白，对于孩子来说，家长能够来幼儿园参加亲情活动，是对女儿幼小心灵的尊重，使她感受到父母的守护和关爱，反之对她幼小心灵是一种潜在的伤害。为了表达对女儿的愧疚之心，我收集了女儿平时拍的照片，然后托人制作成台历，放在自己的办公桌上，每当工作困了累了，看看女儿的照片，就会欣慰地一笑。

作为一名刑警，我深感肩上的责任与使命之重大，回首身边的战友，想想逝去的学军队长，哪一个不是始终坚守在自己的岗位，牢记使命与担当；哪一个不是拭去眼角的泪水与愧疚，再次风雨兼程。写到这里我已是泪流满面，心中再多的委屈都烟消云散，看到的是我身边的战友们那种平凡而伟大、坚定而执着、不忘使命、勇于奉献的精神，就是他们铸就了郑州刑警“命案必破”的铮铮品牌。

李靖 男，汉族，中共党员，大学文化，1987年7月出生。籍贯：河南省商水县。2009年11月参加公安工作，现任郑州市公安局犯罪侦查局五支队民警，二级警司警衔。

穿梭时空的部队

李 靖

时光荏苒，转眼间我已经在刑警的岗位上度过了六个春夏秋冬，刚穿上警服时的自豪感和兴奋劲还历历在目。兴奋与欣喜过后，我渐渐回归理性，作为警察，真正让我们感到光荣和自豪的，是肩负的责任和使命！

我脑海里的刑警，是朗朗乾坤的保护神，是正义与和平的化身，是赤手空拳也能将罪犯擒获的英勇战士。为了儿时崇拜的偶像，高考过后我义无反顾地报考了中国刑警学院。在发奋学习的同时，我每天都期盼着早日参加工作，成为一名公安英雄，幻想着在危急时刻挺身而出，大喊一声“住手，警察！”然后将犯罪分子抓获，接受群众的鲜花和掌声。

步入警营，我渐渐发现现实和理想截然不同，由于专业原因，我被分配到了刑侦支队的视频侦查队。“视频侦查”对我而言是一个完全陌生的词汇，接触过之后才发现我们的工作就是“看监控”。我们的工作没有指挥作战时的飒爽英姿，也没有抓捕嫌犯时的惊心动魄，有的只是在十几英寸的显示屏前的宁静观察和思索。

记得我的支队长韩驰说过一句话：“时间对于我们每个人都是最公平的，它不会因为你富甲天下而多一分，也不会因为你贫困潦倒而少一秒。”这句话使我受益匪浅。是的,虽然我不曾与犯罪分子面对面地较量，但是我凭借瘦小单薄的身体，能将穷凶极恶的罪犯绳之以法；凭借一双“火眼金睛”，能在浩瀚无际的视频海洋里寻找到蛛丝马迹，在熙熙攘攘的人群中发现犯罪线索，在悄无声息中抽丝剥茧、去伪存真，一击制敌！

视频侦查是一项特殊的工作，需要以秒计算时间，必须丝毫不差。无论是海量视频的调取，还是重点线索的研判，我们对自己必须严格，甚至是苛刻，在工作中不能有半点差错。我们时刻告诫自己：也许你不小心错过的那一秒，正好让犯罪分子逃之夭夭。

与时间赛跑

那天凌晨 4 时许，我睡得正香，突然被急促的手机铃声惊醒。“惠济区发生一起杀人抛尸案，你在家门口等着，10 分钟后我去接你。”支队长急促地说道。一听是命案，我顿时清醒了。

等我们赶到，警灯已经将现场照了个透亮。

“被害人的身份已经核实了，是用面包车拉货的外地人，在陈寨村暂住。犯罪嫌疑人杀人后抛车潜逃……”派出所民警向我们通报了基本案情。通过缜密侦查，我们发现案发前有一个陌生人与被害人频繁联系。掌握案情后，支队长韩驰迅速进行了工作部署，他安排我将被害人生前两天的活动轨迹整理出来。接到指令后，我连夜进行分析，最终划定了长达 80 千米的城市道路的范围。接下来我们的工作就是对这 80 千米沿线的监控视频进行调阅、分析。

这是我参加工作以来最刻骨铭心的一段时光。视频专案组每天早上7时准时点名、分配工作，夜里0时开会汇报工作进展，观看视频的桌面上摆满了眼药水……每天到家后我都是直接栽倒在床上，连衣服都没顾上脱就进入梦乡……

抛车地点没有监控摄像头，给我们增加了不小的工作量。我只能根据外围监控对过往车辆、人员逐一登记排查。

案发后的第10天，我正在观看公交车站的监控，突然发现一个穿白衣服的年轻男子在现场附近的公交站凭空出现，而且该名男子出现的时间正是死者的面包车驶进案发中心现场后不久。

“韩队，快来看看这个人！”我激动地大喊。

经过仔细分析，大家认定这名白衣男子具有重大作案嫌疑，完全具备杀人抛车后乘公交车逃离的可能。

案件取得重大突破，监控录像反映嫌疑人作案后乘坐公交车到达距现场12千米的车站下了车，然后进入柳林村。

到达柳林村后，我们马不停蹄地直奔村委会监控中心：“师傅，我们需要调取6月23日14点的监控录像。”查看完监控，我的头上直冒汗：犯罪嫌疑人的住所终于找到了！

此时已是案发后的第14天，在这段日子里，我和战友们不辞辛苦，平均每天工作15小时，正是这种争分夺秒的精神和不断与时间赛跑的意志，才使得我们固定了嫌疑人居住地的监控，发现嫌疑人返回楼内的关键影像，最终胜利破获案件。

拧足了发条的30多小时

每当与黄李男说到这起案件，他都笑称“当时是拧足了发条出的现场”。2014年的一天凌晨，郑东新区一超市内发生一起凶杀案，被害人是一名60多岁的老太太。接到报警后，我和李男迅速赶到现场。由于是凌晨，现场周边一片漆黑，所以我们只能利用手机光源四处查找探头，每发现一个，就在本子上画一个草图标注下来，等勘查完重点区域，就只觉得满眼全是小星星。

接下来就是回溯到案发前观看视频。根据死者儿子回忆，因为要回家照看生病的孩子，他是前一天22时离开的超市，报案时是凌晨2时，也就是说嫌疑人就是在中间这4小时里作案的。由于老太太经营的超市门口没装监控，我和李男利用旁边一家商店的探头录制的视频查看过往人员。

“你看进入现场的人，我看离开的。”李男快速进行了分工。

时间一分一秒地流逝着……

“靖！快来看这个人，他是不是40分钟前进来过？”李男的发现像一针兴奋剂，将我的情绪完全调动起来。

经过反复研究，我们初步认定这名年轻男子就是犯罪嫌疑人。至此，我们只用了几小时就锁定了犯罪嫌疑人。随后的30小时，我和李男队长就是在视频接力追击中度过的，随着嫌疑人影像不断被发现，我们完全忘记了时间的概念，只记得中间吃了一次盒饭，再次反应过来时，我们已经直接追踪到嫌疑人租住屋内。

在这起案件中，从发案到破案仅仅用了39小时，直至抓获犯罪嫌疑人，我们竟然没有丝毫困意，看来真如李男所说——简直是拧足了发条！

视频侦查的工作能力是通过一帧一帧反复观看磨炼出来的，我们通常只有在成百上千遍地审看视频之后，才能获取意想不到的犯罪线索。时间久了，利用视频回放进行现场还原进而获取线索侦破案件就成为我们的特殊能力。自我队成立以来，通过视频侦查破获的大要案件越来越多，我们也为自己起了一个响亮的名字——穿梭时空的部队！

宋宁　女，汉族，中共党员，大学文化，1981 年 4 月出生。籍贯：山东省临邑县。2003 年 12 月参加公安工作。现任郑州市公安局犯罪侦查局四支队六大队大队长，三级警督警衔。

你是我的“小苹果”

宋　宁

“你是我的小呀小苹果，怎么爱你都不嫌多，红红的小脸温暖我的心窝，点亮我生命的火……”给这篇文章起名字时，我的脑子里不停地回荡着这首红遍大江南北的歌。“小苹果”意指最喜爱的人和物，细细品味，这首看似诙谐轻松的歌曲却恰恰印证了我和搜爆犬聪聪之间的感情。想起它，我仿佛看到孩子可爱的笑脸；想起它，如同牺牲的战友虽已离去但精神仍在；想起它，如同岁月如歌；想起它，如同生命似火。

写下这篇文章时正值天津港爆炸后的第七天，我满脑子充斥着的仍旧是“爆炸”“危险物品”“TNT 炸药”等词语。电视新闻报道中的一个镜头刺激了我的神经——一头搜救犬依偎在消防员身边睡着了，我知道它与它的训导员真的是累坏了。这幅画面曾无数次出现在我的工作中，如此简单的画面却表现着人与犬深厚的感情。

思绪随着回忆蔓延，瞬间热泪盈眶，因为我想起了它，那头可爱的史宾格搜爆犬——聪聪。它是我的亲人，如同我的孩子一般，从它四个月大开始我便把它抱在怀里，按时喂饭洗澡，陪它一同玩耍嬉戏，看着它从一个毛茸茸、一身直发的幼犬长成胸前卷毛、两个大耳朵有着异域气质的“英俊小伙”。它是我刑警岁月的见证者，在和它相处的六年时光里，我们从南京到沈阳，从北京到南昌，也走过全省数十个地市；黎明与黄昏，春夏与秋冬，草丛、树林、荒地、河滩，时时处处都有我们相伴的身影。它是我的战友，如同我一起入警的同事，我们一起学习、并肩训练，从小范围单一的硝铵、“TNT”被动指引搜索到大面积数种微小爆炸物品的主动示警，我见证了它的成长与进步，它见证了我的成熟与老练；我们相互配合，奔波于每年数百起的安检现场，我们相互信任，一次又一次在爆炸现场来回搜寻。重大活动的安检现场我们在，恐吓爆炸的危急关头我们在，全国实战技能比武我们在，2008 年奥运安保岗位上我们仍在！

不想堆砌华丽的辞藻与感人肺腑的剧情，也不想抒写对人生的感悟抑或追求事业的豪言壮语，在此只想讲述我与聪聪的故事，因为它是一只警犬，有血、有肉、有感情。

与死神擦肩而过

我经常被同事开玩笑说：搜爆专业是最出力不讨好的活，接近百分之百的空搜率让训导员与警犬没有一丝成就感。但就是那百分之一、千分之一的搜爆成功会让我们陷入巨大的危险之中。

2005 年 7 月，位于花园路北段的某学校有人报警，称其携带爆炸物品在学校一宿舍内准备随时引爆。我和聪聪迅速赶到现场，气氛异常紧张，危爆人员正在用测试仪器对外围进行排除，屋内男子情绪失控，大喊要引爆。仪器只能对外围大面积的范围进行排除，而无法确定屋内男子是否携带爆炸物品，接下来将由搜爆犬通过对宿舍门缝及窗缝的搜索进行判断。

此刻聪聪并没有被紧张的气氛吓倒，反而异常兴奋。在听到“搜”的指令后，它立即对宿舍门缝及窗缝进行搜索。时间一秒一秒过去，空气似乎都快凝固了，整个现场只看到围着那间宿舍外围始终低头搜索的聪聪，只听见它的鼻子发出的特有声音传到我的耳边。我知道它在用尽全部的嗅觉去找寻那一丝爆炸物品的气息，尽管那一丝气息或许极度微弱，或者还像往常的现场一样仅仅是恐吓，但聪聪没有放弃。

5 分钟后，聪聪依然没有坐下来示警，我心里判定屋内的男子应该是没有携带爆炸物品。正当我准备把聪聪喊回身边时，它突然两腿站起扒着宿舍门，鼻子对门锁进行嗅认。那是一把被破坏过的锁，锁与门之间有缝隙，通过这个缝隙聪聪可以嗅到屋内爆炸物品的气息。

半分钟后，聪聪缓缓地坐下，用我们数千次训练中摸索出的默契眼神告诉我：此处有危险物品。我的心一下提到了嗓子眼，但却对聪聪没有半点怀疑。领导立即安排所有民警撤离现场，并疏散群众。当我带着聪聪刚刚撤到楼梯口时，只听“砰”的一声巨响，声音是从搜索过的那间屋里传来的。那名男子引爆了身上的爆炸装置，整间屋子破坏严重，该男子也被炸得血肉模糊。我和聪聪就这样在几秒钟内与死神擦肩而过。如果不是它快速示警，我们不可能迅速撤离；如果不是它对屋内的爆炸物品做出准确判断，将会造成无谓的人员伤亡。我感谢聪聪，也为聪聪感到骄傲！

为北京奥运会保驾护航

2008 年，聪聪五岁，无论是身体素质还是业务技能，它在全省已经是响当当的搜爆犬了。经过层层选拔，我和聪聪顺利胜出，与其他两名战友于 6 月 2 日赴京参加奥运会安保工作。作为举世瞩目的北京奥运会，其规格之高、规模之大都是前所未有的，激动是我当时唯一的感受。

安保团队要负责保障所有比赛场馆、运动员驻地、外国元首下榻宾馆的安全，首先由工兵对以上所有场所进行危爆物品排除工作。所有进出车辆、人员要通过安检仪器的安检，最后由搜爆犬检查无误后才能允许车辆和人员通过。作为安检的最后一层屏障，搜爆犬的任务异常艰巨，细微复杂或者是藏匿隐蔽的危险物品能逃过工兵与仪器的搜索，却难逃搜爆犬灵敏的鼻子。

经过紧张的封闭训练，我和聪聪被分到奥运村 3 号安检口，负责对所有进出该安检口的车辆进行微爆物品检查。作为各国运动员生活、休息、训练的驻地，奥运村安保的复杂性及重要性可想而知。八月的北京酷暑难耐，地表温度高达 50℃，对于生性怕热的警犬来说，这不仅是对它身体素质的考验，更是对它工作的持久性和耐力的考验。另一方面，世界各国运动员大巴、志愿者车队都要在安检口通过，为保障车辆有序进出，还能使各国运动员感受到我国快捷高效的安检方式，我们必须保证在一分钟之内把车辆外围搜索完毕并且大大提高搜索的准确率，尽量不重复搜索。两小时一班岗，每天上勤 10 小时，日平均搜索车辆 300 辆，我和聪聪顶着酷暑与骄阳在奥运村 3 号安检口一站就是 2 个月。

有一次，在对一辆运动员大巴车进行安检时，聪聪的鼻子突然被排气管排出的热气烫了一下。它吓坏了，一下跑出三四米远，一动不动，任我如何呼唤都不回来。整车的运动员都在等着，车上的人并不知道发生了什么事情，可是这辆车的检查没有彻底完成，不敢轻易放行。我一声声地喊着“聪聪，过来，聪聪，加油”。在我不断地鼓励下，聪聪慢慢跑回来，继续对着排气管附近进行嗅认，嗅一下退一步，再嗅一下再退一步，我知道它是真的被烫疼了也是被吓怕了。当把整辆车搜索完毕后，我紧紧地抱着聪聪，看着它红肿的鼻子，眼泪像断了线的珠子落下来。我心疼我的聪聪，也钦佩我的聪聪。我无法想象一只警犬在明明知道鼻子要经受高温熏烤的情况下却仍能勇敢抬起头去完成它的工作，就如同在爆炸现场当所有人都在撤离时唯有消防人员在逆行。犬的境界有多高尚吗？它是在履行自己的职责吗？并不是，因为它只有 3 岁孩子的智商，它只是毫不畏惧地把它认为最简单的事情做好罢了。

奥运会期间，我和聪聪听到过雄壮的国歌声在国家体育场——“鸟巢”回荡，也看到过绚烂的烟花在离我们不远的天空中绽放，见到过国内外著名的运动员，还有在最近的比赛场馆传来的呐喊助威声。而这一切对于我俩而言仿佛并未发生在身边，因为我和聪聪始终盯着所有进出安检口的每一台车辆，聪聪用它灵敏的鼻子嗅着车身的每一个缝隙，我观察着聪聪每一个极其细致的动作与反应，不敢有丝毫放松与懈怠。危爆物品不同于其他，一旦疏忽，将产生不堪设想的后果。这是我和聪聪的职责，也是我们的使命。2008 年 9 月 20 日残奥会闭幕，我和聪聪圆满完成了此次奥运安保任务，轻松是当时返回的唯一感受。

后 记

2014 年 6 月 17 日，十一岁的聪聪因脏器衰竭永远地离开了我们。我们常常用鞠躬尽瘁、积劳成疾来形容我们的战友，但我觉得这些词语也同样适合聪聪。聪聪，它只是一只警犬，却能在第一时间以最积极的工作态度去拼命搜索爆炸物品。大面积的搜索它不放弃，年复一年的训练它不松懈，恐吓爆炸的现场它没有退缩。其实犬很简单，它只想准确快速找到爆炸物品，从而得到训导员的奖励。在它低头去嗅认的时候，它找寻的就是它这短暂的快乐，属于它的快乐。但它不知道这低头的瞬间却是多少次的与死神擦肩而过。

它只是把事情想得简单、做得简单，看似浅显的道理我认为却蕴含着哲学道理。把最简单的事情做好，把复杂的问题简单化，做个简单的人，生存的智慧不正在这其中吗？犬尚且如此，更何况我们人类呢？

听闻警犬驯导基地要进行整建，在规划中专门设计了警犬墓地。我只希望建成后我能把聪聪从黄河滩接回来，让它依旧能感受到训练场上的呼喊，感受到出现场的紧张，还有同伴们阵阵的犬吠声……

仲国庆 男，汉族，中共党员，大学文化，1986年10月出生。籍贯：河南省濮阳市。2010年10月参加公安工作。现任郑州市公安局犯罪侦查局四支队副支队长，二级警司警衔。

追击·起飞·感恩

仲国庆

追击，1500千米！

2012年年初，空气中似乎还弥漫着一丝爆竹燃放后的味道，仍然能够看到巷子两旁崭新的对联，处处洋溢着喜庆、温馨的气氛。

一段急促的手机铃声把我叫醒：红专路经三路交叉口附近一宾馆门口发生一起特大盗窃车内物品案件，要求接到通知的民警立即赶赴现场。这一天是2012年3月2日。

由于案情重大，指挥部第一时间成立了60人的专案队伍。我作为视频侦查组的成员，首先从查看案发时间段视频监控开始，3月2日凌晨5时整，一辆黑色轿车驶入监控区域，两名犯罪嫌疑人下车，经过几分钟的试探，快速来到目标车辆前，仅仅用了13秒就打开目标车辆的主驾驶门，同时打开后备箱。此时黑色轿车内又下来一名犯罪嫌疑人参与搬运目标车辆物品，可以明显地看出作案车辆的后备箱已经被塞得满满的。

经过 5 天不间断地查看监控视频，我们终于发现嫌疑车辆在案发后上高速逃往山东济宁方向。我和另外两名侦查员开车前往济宁，一路上心情急切：这伙人究竟是什么人？已经过去 5 天时间，他们现在在哪里？所有的疑问都在等待我们解答。

到达济宁的第一时间，我们前往视频监控中心调取嫌疑车辆卡口信息，考虑到车牌识别存在误差，经过反复尝试多种车牌组合方式，基本掌握了嫌疑车辆到达济宁后的行踪。此时离发案已经过去 7 天时间，我们一直在接近犯罪嫌疑人。眼看视频追踪工作刚有些进展，嫌疑车辆轨迹在济宁高新区时又从监控视频中消失了，我们几个人在监控中心整整待了两天时间，查看了周边全部监控，依然没有发现嫌疑车辆的行踪。沉默、沉默，整个监控中心只能听到计算机运行的声音。“我找到了，我找到了！”我一下子从凳子上蹦了起来，大喊着。所有人都围了上来。原来是卡口标注的方向出现错误，导致前期的视频查看陷入僵局。我坚信嫌疑车辆不会突然“蒸发”，所以把四个方向的 4 万多张卡口图片全部翻看一遍，终于重新找到了嫌疑车辆的信息。原来，犯罪嫌疑人更换了套牌，从济宁逃往济南。

我们迅速打点行装，到达济南后又根据嫌疑车辆轨迹前后前往茌平、聊城等地，勾画了嫌疑车辆沿石家庄、晋城、洛阳、郑州、济宁、济南、聊城的视频轨迹，最终在多个部门的支持下将四名犯罪嫌疑人抓获。

24 个昼夜、1500 多千米、7 副套牌，我们通过不间断地搜寻视频线索，最终将该案件侦破。团队的每一个人都在为探寻犯罪嫌疑人轨迹而付出，这让我第一次因为团队的共同努力而感到自豪！

云雀，梦想起飞！

警务协作平台是郑州刑侦信息化建设的重要内容。在长期的实战中，我们深深地意识到跨区域警务协作的重要性。2013 年，我和同事王敬博开始了对警务协作平台的构架和搭建工作。经过两个月的设计研发，警务协作平台略具雏形，领导认可了我们的设计方案，并将它命名为“云雀警务协作平台”。

云雀是一种小巧的益鸟。一只“云雀”的力量是非常有限的，我们希望通过搭建这样一个平台，聚集更多的“云雀”，凝聚更多的力量。

2014 年 3 月，云雀警务协作平台正式上线运行。一年多时间内，全国注册用户超过 9000 人，区域涵盖了全国 31 个省、自治区、直辖市。云雀平台上每天都会有近百个协作请求得到答复，全国各地的民警虽尚未谋面却互相帮助，每天有上百份感谢信和看不见的信任在平台中流转着。云雀警务协作平台的运行是郑州警务协作由传统警务协作模式向信息化警务协作模式的积极探索。这种喜悦让我人生中第一次因为人们之间的感动和信任而感到荣耀。

回想，一路感恩！

回想 2010 年，我大学毕业从沈阳来到郑州，陌生的城市、陌生的环境，自己扛着巨大的行李箱站在郑州火车站的广场上。之后的每一天，吃住都在支队，逐渐熟悉与同事的交流方式，慢慢地，我发现支队就是我的家，同事就是我的亲人。在逐渐熟悉和成长中我开始自己全新的生活。

这五年，我结婚、有了属于自己的家，熟悉了郑州的街道、建筑、空气。

一路走来，我是在大家的支持和帮助下成长起来的，需要感谢的人太多太多，真心希望每一个奋战在公安一线的战友都平平安安。

郭全鑫　男，汉族，中共党员，大学文化，1990年7月出生，籍贯：河南省卫辉市，2011年10月参加公安工作。现任郑州市公安局大学路分局案件侦办大队民警，二级警司警衔。

平凡之路　走向明天

郭全鑫

太过华丽的文字记录不了真实的公安工作，过于优美的语言承载不了庄重的警察生涯，我只想用平平淡淡的语言讲述一个普通基层技术员的平凡与坚守。

刑事技术，主要是指从各类刑事案件的案发现场发现证据、提取证据、固定证据，为侦查破案提供方向。可以说刑事技术是案件侦破的关键所在，但是这个工作是无比艰辛的，也是一般人难以承受的。

2013年7月的一天晚上，正在值班的我接到指挥室派警：郑州市二七区马寨街一小区居民闻到刺鼻的臭味，请求技术员前往勘查现场。接到警情的我左肩背相机、右肩挎勘查箱，带上装备立刻驱车前往。经过一天暴晒的郑州晚上显得尤其闷热，皮卡车的空调如风扇一般，吱吱啦啦地吹着不冷不热的风。

到现场后经向邻居了解情况，我才知道他们这两天一直闻到一股刺鼻的臭味，楼道里、院子里都有这种味道，他们感觉不对，就报警了。现场小区全是刺鼻的尸体腐败味道，由于我戴的口罩是一次性医用口罩，根本挡不住那种持久的恶臭，这时小区群众递过来了两个布制口罩，戴上以后，稍微好点儿，但那种味道依旧能闻得到。查找臭味源头，一进单元门，我一层一层往上走，老旧小区的保洁做得实在不敢恭维，夹杂着垃圾的恶臭味，腐臭味尤其刺鼻。到了三楼我停下来了——臭味源头在这里。下楼询问邻居，我才知道，三楼住着一个老头儿，无儿无女，他的弟弟偶尔会来看看他。老头儿平常嗜酒如命，每天都要出去买两瓶白酒回来，最近这几天好像没见过他。综合这些情况，我初步怀疑应该是这个老头儿出意外了，告知侦查队同事通知他的家属速来现场。在向领导汇报后，由于没有钥匙，在邻居的见证下，我们决定用撬杠撬开房门进入现场勘查。

门开了，一股浓浓的刺鼻臭味瞬间扑面而来，随着气味而来的是成群乱舞的苍蝇往外飞，所有人几乎退到了一边，有的跑下了楼。我转身一看，大门口只剩下我一人，一个技术员，一个必须进入现场勘查的技术员。我一遍遍给自己打气：进去！必须进去！这是你的工作，别人可以不进，但你不能，因为你是技术员，必须进去勘查现场确定是不是案件。一只只苍蝇打在脸上、身上，五官瞬间变得麻木而又机械。我背着相机，拎着勘查箱，义无反顾地大踏步跨进现场。现场几乎无太大的翻动痕迹，窗户、大门封闭完好，每个房间都充满着味道，房间的苍蝇乱撞乱飞，时间一长真的忍受不了。我只好憋住气继续勘查,那么热的天,两层口罩，一身警服，都已经黏糊糊地粘在身上了……继续勘查，我在卧室阳台处发现一具尸体，尸体已成“巨人观”状，全身发黑，两手上抬，两眼怒睁，死未瞑目，仿佛可以看出生前的挣扎。卫生间、厨房、客厅、卧室……我一个屋子一个屋子地勘查房屋内各个房门门锁、墙面、地面、屋内物

品翻动情况、窗户开闭情况……屋子里几乎没有什么家居用品，客厅里摆着的两排空的白酒瓶尤其显眼，老屋子的灯光也有些昏暗。在这样一个躺着死人的房间里，无论从心理上的忌讳还是现实上的臭味之源来说，真的没有人愿意进来一步。在勘查死者所在卧室阳台的窗户时，由于阳台面积过小，尸体已占大半，没有太大的剩余地方放下脚去勘查窗户的开闭状态及窗台上的一切可疑痕迹，我只能小心翼翼地把脚踩在尸体与墙壁之间仅有的一点点儿缝隙里。脚触地的时候仿佛已经感觉到马上要碰到尸体，我不免双腿有些发抖……

从一个入警前谁家办丧事都不愿意路过到现在可以在尸体旁边也能照样细致工作的刑警，是头顶的警徽让我改变了自己。在那么狭小的空间里，那么一种环境下，那么一种气味中，我完成了阳台及窗户的勘查工作。随后赶来的市公安局法医检验过尸体后排除案件的可能，交由家属处理后事。从屋子出来，我全身都已经湿透，头发、警服、鞋、袜都是黏糊糊的，身上依然还能闻到尸体的那股臭味。

下楼到了院子里，我向围观的群众解释了一下现场的情况，告知他们不是命案，让群众不必担心害怕。这时一名居民非要塞给我一瓶水，我推脱不要，他还是把水硬塞到了我手里。我自己也的确快虚脱了，一饮而尽。身旁传来了群众的议论声："这个小伙子中！这么热的天，这么敬业，你看头发、警服都湿透了。""就是，就是，这才是人民的好警察！"

回到大队，洗衣服洗澡，澡洗了一遍又一遍，牙刷了一遍又一遍。我躺在床上想起现场房间里的味道，仍然反胃，一度失眠。在那样一个环境下待了几小时后，味觉记忆真的仿佛会一直存在。这就是我的工作，一个基层技术员的工作，我必须去做的工作，虽然很苦很累，但却是我必须去坚守、去行走的平凡之路。我无怨无悔。

2014 年 5 月的一天晚上，下着滂沱大雨，我前往郑州市二七区西工房小区处警。刚驱车赶到西工房小区门口，正停车的我听见有人敲车窗，降下车窗看见了一个已经被雨淋湿、瑟瑟发抖的老太太。那时那景，暴雨中的京广路上只有一辆警车与一位被雨淋透的老人。看到老太太，我赶快下车把她扶到车内，把车里暖风打开。经过询问才得知，老太太是只身一人从湖北来郑州她女儿家看小外孙的，以前她来过两次，都是从东广场出站，女儿在东广场等她。可是今天由于天色已晚，又下雨，自己从西广场出来了，一下子迷了路不知道该怎么走了，暴雨中也没人可以问路，无助中看见了一辆警车就跑过来了。听完老太太的哭诉，我详细问问老太太，得知坐车前女儿和她约定在东广场的售票厅门口见面。我跟老太太说："您在车里等我一下，我去处警，等处完警我把您送过去。"老太太激动得不知说什么好，一直哭着不停点头。下了车我没有熄火，那样暖气可以开着，驱逐走老太太淋雨的寒冷及手足无措的恐慌。

手刹拉好后我下了车，联系报案人，处警。处完警我已全身湿透，不顾擦拭身上浸透的汗水和雨水，想着赶快让老太太母女团聚。我急忙开车带着老太太直奔火车站东广场。一路上，粗大的雨点打在车窗上啪啪直响，路边的树枝被风刮得东倒西歪，雨中的火车站广场没有了往日的喧嚣。白雨跳珠乱入地，雨点急骤地斜打在广场地面的积水上。若无他事，这种景色是可以停下来坐在车里静享的。透过雨帘，售票厅门口的人依稀可见。我让老太太坐在车里，问清其女儿的名字后就进入售票厅内查找，整个大厅一点儿一点儿开始转，见到单身女子就上前询问，如果不是那身湿漉漉的警服，也许很多人会以为我是坏人而不愿意搭理我。功夫不负有心人，找了十几分钟后我终于找到了老太太的女儿。她一听到我说有一个湖北来的老太太在我车上，激动得不行，一路小跑冲出售票厅，冲向雨中那辆茕茕孑立、闪着警灯的警车。

母女团聚了，老太太见到女儿激动地泣不成声。下车后母女两人同时拉着我的手一直说谢谢，老太太一直在说："多亏了这位警察同志，多

亏了这位警察同志，多亏了这位警察同志……”此时，六只手交织在雨中，这是母女团聚的亲情，更是警民的鱼水之情。我委婉地拒绝她们非让我去家吃饭的谢意。指挥室已派了下一起警情，我开车赶往下一个报警地点，路中我看着警车前方的“POLICE”，自豪感油然而生。我骄傲我是一名警察，一名可以帮助人民、为人民服务的人民警察，在平凡路上一直行走的人民警察。

公安工作很苦很累，亦很平凡，但是我会用心去守候。我将用我的青春和热血去书写工作的每一天，恪尽职守、守护和平，沿着这条平凡之路向前走，就这么一直走。时间无言，已是这般，明日已在眼前。

殷珺 女，汉族，中共党员，大学文化，1981年3月出生。籍贯：河南省镇平县。2006年12月参加公安工作。历任郑东新区公安分局刑侦大队情报中队中队长、郑东分局案件侦办大队基础中队指导员。现任郑东分局案件侦办大队基础中队中队长，三级警督警衔。

女刑警，绽放的铿锵玫瑰

殷　珺

我们生活的社会，可以没有你死我活、枪林弹雨的残酷战争，却不可能没有各种各样明里暗里的违法犯罪。警察，就是为打击违法犯罪而生，为保护群众利益而战。如果把警察比喻成共和国手中的一把利剑，那么刑警就是这把利剑上最锋利的刀刃；如果把警察比喻成祖国百花园里的花朵，那么刑警就是花中奇葩。在这奇葩中，有一道最亮色，那就是女刑警。她们可以侦查，可以抓捕、审讯；可以写领导讲话稿，可以写宣传通稿；可以叮叮当当修打印机，可以淡定地面对混乱的犯罪现场；可以有策略地审讯，可以熟练地提取生物检材，还可以在大合唱时飙起高音；可以很优雅，也可以很泼辣：除了上天入地，一切皆有可能。

初入警营，点亮梦想播种希望

2006年10月，通过考试，我光荣地成为一名人民警察，分配结果出来后，我被派往郑东分局案件侦办大队。作为一名女孩子，我以为会被分到派出所当个户籍民警、社区民警，理所应当地做一些文职工作。成了一名女刑警？当时自己都不敢相信。

印象中，女刑警在案件侦办大队顶多就是内勤，粘贴一堆堆发票，上报 N 种材料表格。事实上，走上岗位后，面对一个个突如其来的任务，我要盯着电脑串并信息，接听一个又一个电话，撰写一个又一个需要上报的材料；在 Excel 表、Word 文档、各种查询系统和电话沟通中，保证大队工作链条的正常运行；通过研判案件、分析作案规律，发现有价值的线索帮助侦查员尽快破案；遇到案件中的女嫌疑人，一起侦查、守候、抓捕、审讯、看守、体检，直至将嫌疑人安全送到看守所。慢慢地，我喜欢上这个工作的节奏，也喜欢上我的兄弟姐妹。在充满温暖和乐趣、充满惊险和挑战中，我默默无闻地工作着、奉献着。

侦查破案，警营玫瑰初露锋芒

电影中描述警察是那样的英俊威猛、神勇无敌，是那样的豪气冲天、感人肺腑。幸运的是，我可以和男同志们一起并肩作战，书写“传奇”。

2008 年郑州市森林公园跑马场附近连续发生 5 起持械抢劫案。三四名嫌疑人专门针对晚上开车停留在此幽会的情侣，采用持械敲打玻璃等方式迫使受害人打开车门，采用威胁、殴打等方式逼迫受害人说出银行卡密码，然后部分嫌疑人留守看管受害人，部分嫌疑人到银行自动取款机将受害人卡内现金全部取走。案件发生后，大队高度重视，立即成立专案组进行侦查。由于嫌疑人作案时都刻意进行了伪装，经过几天工作未有实质性进展，并且连续几天也不发案了。专案组经过研究，决定调整思路，让民警扮成情侣引蛇出洞、主动出击。专案组领导找我谈话，征求我的意见时，一再强调这次任务有一定的危险。当时自己入警时间不算太长，还未真正参与过案件的侦破，一听到可以参加这次任务，兴奋得未等领导把话说完就爽快地接受了任务。

俗话说“初生牛犊不怕虎”，当时我不但没有恐惧，反而更多的是兴奋。因为兴奋，下午 6 时，我便催促同事出发，我们开着一辆黑色桑塔纳车赶到森林公园跑马场边上，刚开始故意在车旁边假装开心地聊天，以便引起嫌疑人的注意。天渐渐黑了下来，我们坐进了车里，我开始有点儿紧张，不停向车外观望有无陌生人。可是时间一分一分过去，直到 23 时许，仍不见嫌疑人出现，我开始有点儿烦躁，毕竟附近连个厕所都没有，连最基本的如厕问题都解决不了。当时我心里突然不由自主地念叨：嫌疑人快出现吧，嫌疑人快出现吧！第一天蹲点没有任何收获，难道是被嫌疑人看出来了吗？为此，领导还专门交代我们，既然装情侣就要跟真的一样，别扭扭捏捏的，我当时一听，脸不由得发红。

第二天蹲守时，我们特意换了着装，还找了一辆稍微好的车。去时已没有第一天的兴奋，而是对嫌疑人出现的急切期盼，可是第二天到 24 时，仍未发现任何异常。接着第三天、第四天、第五天……一个星期过去了，嫌疑人跟消失了一样，一点儿动静都没有，我由一开始的兴奋逐渐变得消极，也不愿进行蹲点前的准备工作了，觉得这样的蹲点一点也不刺激。正当我想打退堂鼓的时候，附近的一个公园又发生了一起类似的案件，听到这个消息时，我突然又跟打了鸡血似的，异常兴奋起来。功夫不负有心人，经过近半个月的化装守候，我们终于在一个蹲守的晚上将准备再次作案的嫌疑人抓获，并根据嫌疑人供述的线索，一举打掉了这个流窜于河南、山西，专门在公园偏僻地段实施抢劫的犯罪团伙。

2009 年 4 月 27 日，我辖区发生抢劫杀害出租车司机并抢走出租车的案件。案发后专案组根据监控录像，确定以车找人，男侦查员主要是走访排查和调取、分析监控视频，我的任务主要是对郑州市近期的抢劫出租车案件进行串并分析，同时对抢劫过出租车的刑满释放人员进行梳理，并及时核查专案组反馈的线索。听起来感觉我的工作挺轻松，可是

真正梳理时，并没那么容易。我生怕漏掉任何一个可能与案件有关的人员，心里还有点儿羡慕男侦查员，毕竟他们会一点一点地搜集到线索，能为案件指明侦破方向，工作成效比较明显。经过调取案发现场和高速卡口等地大量的视频分析和走访排查，侦查员追踪到被抢出租车沿圃田收费站上高速由开封开往山东菏泽方向。案件有了重大进展，男侦查员开始大规模前往山东菏泽、曹县排查，可是连续工作一个星期后仍未发现被抢车辆，案件一度停滞并且耗费了大量人力、物力。

当时的我，虽然未去山东，但心里时刻关注着山东方面的工作进展情况。当得知战友们在山东的工作没有实质性进展时，想到他们还得继续奔走异地辛苦工作，我心里非常着急，就赶紧把手头的工作重新梳理一遍，希望可以通过自己的努力发掘一些线索。当我发现被抢出租车信息还未上传至公安系统时，立即向领导汇报并及时将被抢出租车信息上传。上传后的第三天便传来了喜讯，山东蒙阴警方发现了该辆被抢出租车，侦查员随即前往蒙阴县开展排查工作，很快便锁定了两名犯罪嫌疑人并成功抓获。得知此消息后，我内心说不出的激动，充盈着满满的自豪，虽然未奔赴侦查第一线，但我依然可以像男侦查员一样发掘线索为案件侦破提供帮助，并缩短了破案时间，节省了大量人力、物力、财力。

后期侦查员先后又在黑龙江、辽宁抓获三名犯罪嫌疑人，其中还有一名女嫌疑人，押解工作自然也少不了女同志。我欣然地与男民警一起前往哈尔滨。在出发前，一位前辈还开玩笑地对我们两名女民警说："咱这次带的嫌疑人可是杀人犯，不判死刑估计也得判无期，他们很有可能会自伤自残，更有甚者会想办法袭警脱逃。路上看管任务责任重大，你们现在申请不去还来得及。"我们当时都沉浸在胜利的喜悦中，便不假思索地说："那我们就24小时盯住她。"就这样，我们顺利将三名嫌疑人押解回郑，在郑州火车站看到战友们拿着鲜花列队欢迎我们时，那一刻，我觉得身为一名女刑警非常自豪。

第一次冒充法医震慑罪犯嫌疑人的经历也恍如昨天才发生。当时姚桥发生命案，犯罪嫌疑人将其继父杀害后抛尸于贾鲁河内，到案后拒不承认杀人的犯罪事实。专案组经过研究，决定派一名女民警扮成法医对其采血，从外围环境上给嫌疑人制造紧张气氛。当我接到任务时，有点儿退缩，因自己毕竟没干过法医，对医学知识接触得也不多，害怕自己万一扮得不像，反而使嫌疑人更加抵触审讯。领导安慰我说："你得树立信心，你就把自己当成法医，注意表情就行了。"听了领导的话，我还是心里没底，刚好单位门口有个口腔医院，我就专门去找医生请教了注意事项。

回来后，我在警服外边套上白大褂，戴上白帽子和手套，提着技术民警处警用的医用药箱进到审讯室。我先用两眼直直地盯着嫌疑人的眼睛，然后严肃地对嫌疑人说："现根据案件需要，对你依法采集生物检材，你要配合好。"说完，我便看到嫌疑人情绪明显紧张起来。这时我心里暗暗窃喜，就趁机给他讲述采集生物检材的作用和准确性，给嫌疑人施加心理压力，为后期审讯突破嫌疑人的防线起到一定的作用。

还有第一次参与命案现场分析会羞涩地看着大屏幕上裸露的男尸，第一次蹲点时与嫌疑人撞面的恐慌与机智、第一次审讯故意杀人的女嫌疑人时的谨慎与缜密……太多的第一次至今仍历历在目。

团结奋进，铿锵玫瑰绽放警营

按常规分工，男侦查员负责外勤、女侦查员负责内勤，但一旦有了案件时是无法真正区分内外的。2015年7月1日、2日、15日，我辖区连发3起命案，男侦查员都忙碌在侦查一线，但大队的日常工作要照常运转。这时我们有的女民警在值班室接听报警电话，有的女民警勘查案发现场，有的女民警前往各部门调取监控，连刚怀孕的一名女民警也24小时在单位待命，专案组一有需要便全方位无缝隙对接，为专案组提供最坚实的后方保障。这时已没有人注意到我们是女同志，我们俨然已成为保障大队正常运转的螺丝钉。我们和男民警一样各司其职，奋力工作着。女侦查员此时变成了一块砖，哪里需要哪里搬。

“小小微躯能负重”真的可以形容女侦查员的韧性与潜力。每当累到呼吸都感到疲惫的时候，我就会暗暗鼓励自己：加油，再坚持一下！就这样，从2006年坚持到现在，我从最初的浮躁女孩成长为一名能文能武的女刑警。

这就是我们光荣的女刑警，哪里有罪犯，哪里就是我们与之斗智斗勇的格斗场。在场上胜出，带罪犯凯旋，是身为女刑警的一种无上光荣。作为一名女刑警，虽然我们更多的时候是在幕后做后勤保障工作，但在各自的工作岗位上，我们发挥女性的自身优势，尽展巾帼不让须眉的飒爽英姿，做一朵尽情绽放的铿锵玫瑰！

谢东柯 男，汉族，中共党员，大学文化，1981年1月出生。籍贯：河南省南阳市。2008年10月参加公安工作。现任郑州市公安局犯罪侦查局一支队民警，一级警司警衔。

刑警之路　义无反顾

谢东柯

一朝选择，终生无悔，刑警之路，义无反顾。2008年，我从部队转业到郑州市公安局刑侦支队（现郑州市公安局犯罪侦查局），进入“打黑除恶”的刑侦一线工作。七年来，我最大的感受就是：想成为一名优秀的刑警，就要做到“放、学、扑、舍”。

“放”，就是放下过去的荣誉，放平心态。

在部队我已是团军务股代股长，管理2000多人，虽然我是正连职干部，但是基层的营长见我都相当客气。转业了，我成为一名基层的民警。说实在的，从一名军干到一名小民警，我经历了一次巨大的心理落差和蜕变，有痛苦、有迷茫、有困惑。但是，我清醒地认识到，从军营到警营，职责变了，环境变了，思想认识也一定要变。穿上了新的警服，我就担起了新的使命，穿上了新的警服，我就扛起了新的职责。我就从零开始，适应新的工作和生活。我常常发现，时间不属于我，时间都去哪儿了？原来加班审讯是家常便饭；原来手机是要 24 小时开着，随叫随到；原来半夜还要起来抓人；原来周末节假日还要值班备勤。为了守护人民群众生命财产安全，刑侦工作从来不分昼夜。知我者谓我心忧，不知我者谓我何求。职责所在，放得下，拿得起，苦并快乐着。

“学”，就是要学信仰、学知识、学技能。

学，对民警来说是一辈子的事，《大学》里说：“苟日新，日日新，又日新。”作为一名刑侦新人，面对新的社会环境、新的挑战和群众新的期待，我只有不断学习。我学习老同志坚定的共产主义信仰，学习老同志高度的政治责任感和大局意识，学习老同志一身正气的正义感，学习老同志侦查办案的技能。我开始挤时间读法律书籍，从开始的旁听到记录，从开始询问证人到突审犯罪嫌疑人，我时刻都在留心学习，终于可以独立办案了。到打黑队后，让我最感动的是，你只要愿意学习，老民警会无私地把自己办案的经验和方法传给你。像张罡、步元国、刘涛、张铭等，他们都是我的好老师。

卧薪尝胆，天道酬勤。我从一名什么都不懂的新手到业务能手，从办案效率一般到案件快速办结，从单纯完成办案任务到伸张正义的为民情怀，从一名军人到一名合格的刑警，都是在干中学、学中干，在由量变到质变的飞越中造就的。

“扑”，就是扑下身子，脚踏实地，忠于职守。

初到打黑队时，看到千头万绪的卷宗，哎呀，我懵了，我晕了！错综复杂的证据链、人物关系网及整摞整摞的材料，哪一项工作都需要一点一滴地去查证。我遇到了一个好老师——虎峰，他总是默默无闻地做事，扎扎实实地办案，他既仰望星空，又脚踏实地，潜移默化地影响着我，让我时刻提醒自己要向他看齐。不知多少次在遇到困难的时候，我总能想起虎峰说过的一句话：只要你肯扑下身子，没有解决不了的问题！是的，对于一个想要干好工作的人，办法总比困难多。有一次周末在单位值班，看到虎峰同志正在电脑旁边加班工作，他之前肠胃病犯了还在住院期间，我就问他："虎哥，你怎么出院了？"他说："还没有出院，刚输完水，案件突然有个新情况，我过来查一查。"多么朴实的话啊，都住院了还是不忘工作。我说："虎哥，你是我见过最敬业的人，没有之一。"我默默地记在了心里，一定要向虎峰同志学习。于是我扑下身子，全身心投入。2009年在打击"面条帮"黑势力时，为了调查取证，我加班加点、废寝忘食，耗时两月余，开车走访了全市一千多家面条店，从都市村庄到大型社区，从农贸市场到个体门店，从排除商户的心理畏惧到取得商户的理解信任，成功打掉了该黑势力团伙，为商户伸张了正义，也净化了市场环境。同时，办案中我不仅完成了任务，也增进了与人民群众的感情。拿下了这个案件，郑州的大街小巷也留下了一名人民警察的身影和脚印，村庄、社区的位置都印在了我的脑海里，无论是到哪里工作我直接都能找到地方。从此，在队里大家都亲切地称我为"活地图"。

"舍"，就是要时刻有舍弃家庭、舍弃健康、舍弃生命的思想准备。

2013年9月，在焦作抓捕靳某涉黑案件的犯罪嫌疑人时，我们知道犯罪嫌疑人手里有枪支，抓捕过程中选择了嫌疑人最放松警惕的时候。当我和张罡把门踹开，冲入屋内，面对的竟是犯罪嫌疑人黑洞洞的枪口。我们没有丝毫退缩，我跟张罡瞬间将其扑倒，这时，我清楚地看到嫌疑人已经扣动了扳机，枪没响，那是因为子弹卡在了膛内。就这样，我与死神擦肩而过。抓捕之后，张罡问我："兄弟，你害怕吗？"我说："我不害怕。"苟利国家生死以，岂因祸福避趋之。只要国家需要、民族需要、人民群众需要，我还会这么干。相信生命因使命而升华，使命因生命而崇高！我们牺牲的好战友张学军、曹伟都是好样的，都是我们的榜样。

转眼间，我已经在"打黑"一线摸爬滚打了多年，有收获有遗憾，有顺利有危险，有喜悦有委屈。常年超负荷的工作，高血压、高血脂、肠胃病、痛风接踵而至。但是看着群众那期待的眼神，我没有请过一天病假，总是告诉自己坚持、坚持、再坚持。当百姓沉浸在甜蜜的梦乡时，我正在蹲点抓捕；当百姓家人团聚时，我正在加班熬夜；当百姓休闲娱乐时，我正在执勤巡逻；当百姓花前月下时，我正独自领略那杨柳岸晓风残月。就这样，我舍弃了陪伴爹娘，舍弃了与妻儿的交流，舍弃了与朋友的相聚。虽有遗憾，但家人都理解我、支持我，每次我出差办案时都是一句话："注意安全，早点儿回来。"都说男儿有泪不轻弹，但有一次我却泪流满面。那是我跟杨光一起蹲点，他儿子打电话说："爸爸我好想你！你要快点把坏人抓住,回家陪我啊！"唉,孩子的话真让人揪心啊！是的，我也好多天没有见到我那才 10 个月大的孩子了。其实，做父母的谁不想见证自己孩子的成长与进步，谁不想给孩子最温暖的陪伴和守护？然而正是这种舍小家为大家的精神造就了我。我的"舍"也是全体公安民警的"舍"。夫之平安于警，担当必然，舍亦必然。

自从选择了当刑警，我就选择了一份生命的广阔；自从选择了当刑警，就注定了男儿本色。无论面对多大的牺牲与付出，任它一路坎坷，满怀忠诚的我必将无畏、执着！

雄伟壮丽是山的梦，
翱翔蓝天是鹰的梦，
绽放鲜花是春的梦，
做一名优秀的刑警是我的梦，
让梦想变为现实，我必风雨兼程，义无反顾！

郭凯 男，汉族，中共党员，大学文化，1980年12月出生。籍贯：河南省登封市。2002年3月参加公安工作。历任河南省登封市公安局刑侦大队民警、副中队长职务，现任河南省登封市公安局信息中心教导员，三级警督警衔。

出差，刑警的家常便饭

郭　凯

刑警，当你把自己的职业定格为事业时，向前走，相信它并坚持，你会找到你想要的喜悦……

光阴似箭，我参加公安工作转眼已经十三年了，在这十三年里，每一次出差都让我记忆犹新。出差是刑警的家常便饭，没有特定的时间，没有提前的计划，匆匆地来回奔波着……怀着维护正义、打击犯罪的坚定信念，我们一直在路上！

2011年6月，全国公安系统开展了“大清网”追捕行动，作为一名刑警的我自然也要加入这场战斗。至今还能清晰地记得那年10月的一天，我接到了去广东广州出差的任务——追捕一名潜逃多年的罪犯。我们一行三人向广州进发，匆忙中谁都没来得及回家带几件衣服。10月的广州闷热潮湿，我们汗流浃背，穿梭在人山人海的街道中，马不停蹄地开展

着追捕工作。通过细致的走访，我们好不容易找到了追捕对象的暂住地，那里地理环境复杂，外来人口密集，车水马龙。我们就简单地吃了些东西，开始调查，通过工作，发现追捕对象已经离开广州去江门谈生意了，这个时候已经是晚上8时多了，筋疲力尽的我们，拖着疲惫不堪的身体仍要赶往下一个城市。任务就是命令，使命就是责任！为了争取早日完成任务，我们连夜租了辆车，一路向广东江门出发。

途中突然刮起了大风，雷电交加，看样子暴雨要来了。司机师傅有些害怕，不愿去了，说："马上要有台风了，这天气不能再往前走了。"司机师傅刚说完，顿时倾盆大雨就下了起来，车在高速公路上开始颠簸起来。我们看着车窗外，从未遇到过如此大的雨，心想这台风也太厉害了。路上早已经看不到其他的车辆了，司机师傅心有余悸地问我们："你们是干什么的，非得这么赶时间呀？师傅，要不我们在附近找个路口下去避一避雨吧。"司机师傅心里其实也很担心、害怕，三名陌生男子深夜奔波着赶这么远的路，再加上台风、暴雨，他也有些顾虑。我们向这位司机师傅说："师傅，我们是河南的警察，来抓人的！你不用担心，这是我们的证件！"司机师傅冷静了一下说："哦，是不是抓逃犯？全国警察都在抓逃犯，电视上我看到了，咱们还是稍等一会儿吧，雨小些再往前赶。我先给我老婆打个电话，让她放心。"此时已经是凌晨1时了，我们拖着疲惫的身躯继续赶路，终于在凌晨3时冒着台风暴雨赶到了江门。

在江门，我们休息了3小时，就开始布控工作。幸运的是我们的追捕对象有一个非常明显的体貌特征——嘴右上角有颗黑痣。在耐心的等待中，他终于出现了，从一小区附近的早餐店里走了出来。正当他走进小区时，我们趁其不备将其成功抓获。在"大清网"战役的关键时刻，我们成功地抓获了该追捕对象，圆满地完成了任务。

后来想想，我们自己心里都很后怕，台风无情，如果在去江门的路上出了事，后果将不堪设想。人的生命是脆弱的，尤其我们刑警，每天都面临着突如其来的危险，但为了警察的神圣使命，我们一直在路上，毫不畏惧！

2012年4月，我市发生多起系列技术性开锁入室盗窃案，涉案价值10万余元，案情重大。调查取证几经波折，我们终于掌握了一些案件的基本线索。在局领导的高度重视下，我们被局里派去吉林松原执行此案的侦破任务。我们一行四人,路上轮流开车,日夜兼程,行程2000多千米。经过将近一天一夜的长途奔波，我们到了这个陌生的城市。这里寒风刺骨，到处都是建设、拆迁的工地。茫茫人海中，我们在寻踪觅迹。东北的温差也在时刻提醒着我们这里的严冬还没有结束。案件的侦破似乎遥遥无期，转眼我们在这里已经五天了。面对着重重困难与压力，真是功夫不负有心人、柳暗花明又一村，在当地同行的协助下，我们终于锁定了抓捕对象的活动范围。于是，松原、长春、辽源、开原、铁岭、鞍山这六个城市就成了我们工作的重点。为更好地联动六城、及时掌控犯罪嫌疑人的活动范围，我们选择了到吉林长春落脚。也许，长春让我们闻到了春天的气息，也就在我们刚刚下榻长春快捷酒店还没来得及将行李拿到房间时，案件出现了转机，同行打电话过来说犯罪嫌疑人刚刚在辽宁铁岭招待所入住。此刻，我们激动万分，就直奔铁岭，后在该招待所成功抓获了其中三名犯罪嫌疑人。

然而，这只是抓捕的开始，简单地讯问嫌疑人后，我们明确了另外两名犯罪嫌疑人的情况，就又立马前往松原进行对其余犯罪嫌疑人的抓捕。在嫌疑人居住的都市村庄里，我们寻找着……

经过对犯罪嫌疑人的活动范围划定，我们有针对性地在其活动范围内进行搜寻。在经过上千遍的视频分析后，犯罪嫌疑人的体貌特征已经深深地印在了我的脑海里。将近中午，路上的人已经开始多了起来，中午的交通高峰期已经来了，小学门口已经有不少家长在等待着放学的孩

子。突然间，我发现了一名可疑人员，与我们所掌握的视频资料里的人很像，但不是那么确定。我就赶紧跟了过去，并给同事打电话说我的位置，让他们赶紧过来，以便进一步确定目标。那人手里掂着一个黑色的袋子，我一直保持距离紧随其后，突然他绕着一条小胡同走进了一个空旷的小区院里。此时我心里有些害怕："怎么办？是不是被发现了？"心里正在想时，那人把手里的黑色袋子扔到了一个垃圾车里，突然，他转身朝我的方向走来。我们擦身而过，我更清晰地看到了他，在心里确认："是他，就是他。"这时，我已经完全暴露在他面前了，于是装着若无其事，鼓起了勇气一直向前走，后来他就在我身后的院内消失了。过了一会儿，我的同事赶了过来，我非常确定地说，刚才与他打了个照面，他还扔了一个袋子在那边垃圾车里。我们捡起那黑色袋子，发现袋子里装有一把刀和开锁工具，我心里顿时一惊，幸亏我没有动手拦他，不然小命就危险了。现在想想，我都后怕。随后在当地同行的协助下，我们成功地将该团伙全部拿下，案件终于顺利告破。

紧张的十天，疲惫奔波的我们终于顺利地完成了出差的任务，心里充满了成功的喜悦。累并快乐着，我们一直在路上……

任务一个接一个，这就是刑警的使命；出差、蹲守更是家常便饭，从没有规律的生活；肩上的使命，让我们一路向前……有时，职业使命带给自己的是莫名的压力，当你把自己的职业已经定格为自己的事业来努力时，你永远都是那么有激情、那么有干劲，不管多累、多苦，你都会默默努力着。向前走，相信它并坚持，你就会找到你想要的喜悦……我为我是一名刑警而感到自豪！

方红杰 男，汉族，中共党员，大学文化，1976年11月出生。籍贯：河南省淅川县。2003年4月参加公安工作。现任郑州市公安局犯罪侦查局一支队二大队大队长，三级警督警衔。

坚守已形成的习惯

方红杰

夜深了，结束轮班看守犯罪嫌疑人，本该休息的我却怎么也睡不着。十年了，这似乎成为惯例——每次夜半结束“战斗”，我都会陷入失眠。这也使得我的血压长期无法得到有效控制，随之而来的各种身体不适常常困扰左右。医生多次的健康警告和家人关爱的埋怨，常令我无所适从。我，到底该不该坚守已形成的习惯……

抬头望向窗外，眼前交织纷飞的树叶，原在各自的枝干上彰显美丽与特质，但伴随季节循环往复，投身大地滋养着根脉，这些不同种类的树叶融入泥土，会使土壤品质得到进一步完善和加强。就像我原本所学的专业与公安毫无共同之处，在十二年前我有幸进入到这个全新的领域，开始了自我蜕变、更新之旅。接受入警培训时，由于很清楚自身在公安知识和能力上的欠缺，我就更加刻苦地钻研法律法规，熟悉掌握业务技能，时常去思考如何履职才能更好地服务于遵纪守法的百姓。我以为只

要做到这些，心存正义，那么自己就是一名合格的人民警察。然而，当我培训结束分配到所在单位，第一次真正参与案件的侦破工作时才发现，之前对警察职业的认知太过狭隘和浅薄。

“干啥呢，你这孩子咋回事？你跟着谁哩，滚起来！”蒙眬中我被一阵呵斥惊醒，立马翻身坐起，看看自己看守的嫌疑人也在睡梦中。还好，没有异样发生呀，我带着疑惑的眼神看向训斥我的人。哦，是专案组组长，我立马起身敬礼：“薛队长好。”“好个屁，新来的，跟着谁的？”薛队长问道。“是，我跟着张组长的。”我答。“你知不知道你刚才睡觉有多危险？！小屁孩刚来啥都不学，就学着睡觉？检察院来把你弄走，给你撂到监狱去好好睡吧！张组长，换个人看守，好好给这孩儿讲讲。”薛队长一顿噼里啪啦的训斥之后转身离开。“看守的嫌疑人已经睡着了，我躺一下能怎么样？也没有出什么事呀，为啥训斥我一通？”我满腹牢骚还未出口，张组长匆匆赶到。哪曾想张组长的训斥比薛队长还要严厉，言语间恨不能对我拳脚相向。一阵狂风暴雨过后，张组长大声说：“刘警官，你看着嫌疑人。”然后指着我说：“去睡吧！”尽管被训斥了一番，但我左右思量，也没有弄明白到底我看守嫌疑人时打个盹儿影响到了什么，心中猜测只可能是他们倚老卖老，在新人面前立立威吧。因此张组长吩咐我去睡时，我很快就进入了梦乡。

第二天，张组长叫醒我，看语气仍对我昨夜的行为耿耿于怀。于是我带着疑问的口气问：“昨夜我睡之前，看嫌疑人已经睡着了，也没发生什么呀。”张组长撇了撇嘴，用不屑的眼神看着我说道：“你知道个啥，这个嫌疑人身上背着五条人命，他要有个三长两短，检察院立马找你。前几天有一个嫌疑人看着是在睡觉，实际在被窝里割腕自杀，幸亏发现及时！他要是死了，咱这里一大帮人都得进监狱！翻翻书，看看‘玩忽职守罪’到底是啥！”一番言语后，他转身离开，但是身后却留下一句让我如芒刺在背的话：“市局咋弄的，招了一帮外行，啥也不会！”我望向年纪比自己还小、入警只比自己早两年的张组长，心中不免怒火中烧，觉得他的言语是对自己的莫大侮辱。正准备发作时，旁边一位年长的警官拉了拉我，语重心长地说：“别往心里去……说实话，你那样做确实很危险，吵你是应该的，是为你好，同时也是为了大家好！”看着这位警官不容置疑的眼神，我才隐约感到可能真的是我错了。但是面对可能发生的潜在危险，自己仍然搞不清楚状况，心头一直在思量：这些嫌疑人本身就作恶多端，难道对他们还要费心关照？这个疑问一直萦绕在心头，让我百思不得其解。

中午到餐厅吃饭，看到那位年长的警官，为了解开心中的疑团，我打了一份汤毕恭毕敬端到他面前。这位老前辈愣了一下，马上又对我释然一笑，示意我坐下，慢慢打开了话匣子。他说道：“咱们警察办案看似风光，实际上是行走在刀尖上，稍有不慎，就会伤到自己。我们不仅仅要保护遵纪守法的百姓，也要懂得保护犯罪嫌疑人，嫌疑人在我们手中如果出现自伤自残，会直接影响案件侦破进程，这是我们要杜绝出现的。一旦发生重大事故，检察院是要追究当事人和相关领导法律责任的，弄不好要吃官司，会判刑的。你才毕业上班，社会上人的两面性你还了解不深，特别是犯罪嫌疑人，大多狡猾得很，嘴上说老实配合，暗地里做小动作，所以从表面上看，看守嫌疑人是办案最基本、最低级的工作，实际上也是风险最高的工作。再加上办案是协同作战，真出了事不仅仅关系到你一个人，大家伙都会跟着受到连累。”这位前辈拍拍我的肩膀，语重心长地说：“慢慢你就会明白的。”

这位前辈的话让我慢慢领会到之前对公安职业认知的狭隘。之后的日子，当自己再看守嫌疑人的时候，无论再疲惫也会默默忍耐、坚持……尤其是办案工作中真的见识到了同行因对嫌疑人看守不当、不专心等疏忽而给工作造成纰漏，给自己、同事、组织带来无谓的麻烦后，心里更加对看守嫌疑人这项工作产生一种敬畏。每每嫌疑人交接到手中，也是我全身心投入、神经绷紧之始。无论搭班的同事如何行事，我都习惯保有一份警惕之心，时刻告诫自己不能松懈。慢慢地，习惯成自然，即使移交了犯罪嫌疑人，当晚我也会失眠。无奈的是这种习惯也直接导致了我血压持续“走高”，终于在 2007 年年底被迫住院。

经过医生一段时间的悉心调理，加之自己也开始在日常工作中注重自我心态调整，血压有所稳定，但是业已形成的职业习惯却终究无法改变，那种高度警戒的状态不仅在看守嫌疑人阶段出现，而且在案件办理的其他阶段也频频出现，时刻操控着血压状态。2009 年市公安局成立专项打黑除恶协调小组，小组的其他成员之前都没有涉足打黑除恶领域，甚至还有四分之三的组员刚从部队转业不久，没有任何办案实战经验。在如此严峻的情况下，我被抽调到协调小组，协助领导，带领组员从办案初期每一个细节做起，摸排线索、查证线索、固定线索，抓捕嫌疑人、审讯嫌疑人、关押嫌疑人，获取完整证据链，直到最后让犯罪嫌疑人受到法律的制裁，在这期间这种习惯时刻伴随着案件侦办过程中的每一环节。这一年我所在的协调小组成功打掉了三个黑社会性质犯罪组织，整整一年时间每一天都在与案件、嫌疑人打交道，可以想见，血压维持在正常水平的日子也屈指可数，从而导致了目前血压的极其不稳定的状态……

人的一生可以培养很多习惯，不得不承认自己的这种习惯从医学角度分析是会让每位医生诟病的陋习，但是作为一名人民警察回想过往，这种习惯其实是对自己、对身边同事、对待工作的一种最好的习惯。正因为有了这种习惯,时至今日自己才没有出现过愧对百姓、社会、职业操守的情况。尽管这种习惯对身体造成了伤害，但却换来一份无愧于心的责任感、使命感，让自己能坦然面对并肩作战的同事和肩上闪耀的警徽。

所以，生命中有时候必须做出艰难的决定，但此刻的我脑海中已有了坚定的判断：我，会坚守，哪怕这种习惯会致使自己过早地韶华远去，也比放任自流、造成职业生涯无法弥补的遗憾要强百倍！

陈曦 男，汉族，中共党员，大学文化，1980年1月出生。籍贯：河南省太康县。2003年4月参加公安工作。现任郑州市公安局犯罪侦查局二支队三大队大队长，三级警督警衔。

宝贝回家

陈 曦

“岁月稀释不了亲情的血，距离分隔不开相拥的心；风雨挡不住寻亲的脚步，山河拦不断团圆的信念”，打拐永远在路上。

从事刑侦工作十二年，我一直与形形色色的犯罪分子打交道，记忆深刻的案件很多。2013年5月，我和战友们参与侦破了二七区马寨分局“5·23”拐卖婴儿案。案情的曲折、查找嫌疑人的艰辛及破案找回被拐幼儿后的喜悦，我至今记忆犹新。

2013年5月24日上午，我正在办公室整理资料，突然急促的电话铃声响起来。我刚“喂”了一声，对面传来：“你好，打拐办！我是马寨分局案件侦办大队，我们辖区丢了一个孩子！”听到急促的声音，我心头一紧：怎么又发案了？连忙说：“好的，我知道了，马上向领导汇报。”

“赶紧发动车辆，赶到马寨分局。”在领导的催促声中，我和胡队长、

李虎飞速赶到案发现场。在马寨分局会议室，案件侦办大队大队长刘华玉详细介绍了案情：23 日 19 时许，暂住在侯寨乡大田垌村的李艳丽抱着 6 个月大的儿子崔浩然打算上楼找奶瓶，这时租住在李艳丽邻居家的一中年男子搭讪说要抱孩子去超市买点儿吃的。李艳丽知道该男子在隔壁住，就将儿子交给他。10 分钟后，李艳丽丈夫崔传海得知孩子被抱走，赶紧到超市查找，结果该男子和孩子都没了踪迹。崔传海立即拨打该男子的手机，这时手机已处于关机状态。崔传海夫妇和周围群众多方查找未果后，于 21 时许拨打“110”报警。

光天化日之下，从母亲的手中骗走孩子，犯罪嫌疑人的气焰可谓嚣张。看到分局院内崔传海、李艳丽夫妇哭红的双眼和众多亲属焦急等待的身影，我的心为之一紧，那是一种同样为人父母的感同身受，一种作为打拐刑警势必要找回孩子的神圣职责。我暗暗想：不能再让一个美满的家庭支离破碎。

通过案发现场的调查访问和调取案发地周围所有通往郑州市区的监控录像，我们终于在村口的视频中捕捉到一段模糊影像：一名男子低着头，怀中抱着婴儿大步走出村子。该男子 40 多岁，体态偏瘦，皮肤较黑。该男子姓甚名谁、家在何方？找到他是破案的关键！可是从模糊的视频中根本无法辨别男子的面部特征。有村民向专案组反映嫌疑男子于 5 月 13 日才搬到大田垌村租住，紧邻被拐幼童父母崔传海夫妇租住的房屋，且到过崔传海开的棋牌室。和嫌疑男子一同租住的还有一名女子，年龄 35 岁左右，中等身材，豫东口音。该男子三年前就曾在贾寨、大田垌和三官庙等地村民自建房工地打工，主要是看工地，曾自称“书民”，可能姓王或者姓张，家住许昌长葛市董村镇附近。女子曾在郑州南郊十八里河镇、柴郭村等地小按摩店出现过，可能以从事色情服务为业。

案情逐渐清晰起来……又出现了一名女子，她会了解案情吗？她会是此案的同案犯吗？不管怎样，掘地三尺也要找到这一男一女！专案组围绕“书民”家住许昌长葛市董村镇附近这一重要线索，连夜展开工作，在排查到董村镇屈庄村时，村干部反映该村有个小名叫“书民”、大名叫王记民的人长期在郑州南郊打工，十几年从未回过村，只是在3月初和一名陌生女子回了趟老家，和王记民同行的女子自称“李娜”。根据这一调查情况，通过侦查部门的多方查证，专案组确认两人具有重大作案嫌疑。

王记民社会层次低，在郑州打工结交人员简单，居无定所，对其进行抓捕难度很大。专案组决定以查明自称“李娜”的女性嫌疑人的真实身份为切入点突破案件。通过对“李娜”的各类信息进行综合研判，发现两人作案后向东移动，在太康县消失。这一重要线索的发现，距离案发已近五天。不能再有丝毫的懈怠，每多一天，被拐孩子就会多一分危险！5月28日，专案组指挥部紧急移师太康，确定了“李娜”在太康县的十个关系人为重点工作对象。

一定要在茫茫人海中找到这10个关系人，通过以人找人去确定嫌疑人的真实身份，没有任何的捷径。顾不上舟车劳顿，在太康县公安局的配合下，专案组兵分五路立即开展工作。一个、三个、五个、八个，这些重点关系人都在县城陆续被找到，然而兴奋之后却是失望，这些人和“李娜”都是一面之交，根本无法提供她的真实身份。很快四天又过去了，紧张、焦虑、失望……所有的心情都掺杂在一起，夜晚，每个参加专案组的人都无法入睡。难道这些线索都将中断？在郑州被拐婴儿的家长每天都到案件侦办大队等待我们前方的好消息，各级领导焦急万分，专案组上下压力巨大。最后两条线索由我来负责查证，能查出什么情况吗？我心里也是未知数，但不管如何，都要尽到最大的努力！

6月1日，在太康县刑警队战友的全力配合下，我开始对“李娜”联系的太康腾飞汽修厂内的一部业务电话进行排查。我对所有在通话时间段内修理厂的工作人员进行摸底排查，经过耐心细致的思想工作，最终修理厂老板娘王丽反映打汽修厂电话的人叫赵某满，太康县清集乡人，后改嫁到符草楼乡夏某超家，该人和丈夫夏某超曾在郑州南郊打工多年，后因家庭矛盾，自己离家到郑州后与亲友失去联系。此人有重大嫌疑。通过将赵某满所有的社会活动情况与嫌疑人“李娜”的信息进行交叉分析，最终确认赵某满（女，36 岁，太康县清集乡人）即该案的重要嫌疑人“李娜”。“六一”儿童节，被拐婴儿终于有了找回的希望。

至此，案件出现重大突破，两名嫌疑人身份都已查清。专案组立即对赵某满所有的亲属、可能联系到的关系人进行了全面布控。6 月 4 日下午，专案组在排查到独塘乡安庄赵某满前夫的亲戚乔某娟家时，发现并解救出被拐男婴崔浩然。

紧张而又疲倦的十二天，终使一个嗷嗷待哺的婴儿回到了父母身边，一个即将破碎的家庭再次团聚。孩子父母激动地用最淳朴的方式——下跪向我们表示感谢，周边群众敲锣打鼓送来了锦旗，河南电视台对此案进行了采访报道。专案组全体参战民警经过努力，再次斩断了伸向孩子的黑手，消除了群众心中的恐惧。公安部刑侦局也专门发来贺电，我们再次用忠诚履职换回了社会安宁。

我在打拐一线工作六年，经常说走就走，千里辗转，夜以继日，晨昏颠倒，疲倦的时候在哪里都能睡着，耳畔时常回响起找回孩子的父母撕心裂肺的哭声，脑海中浮现出“扑通”一声跪在面前最简单淳朴却最直接的感谢，回忆起那些千里追击、循线追踪、昼夜蹲守终于抓获人贩子的无数个瞬间……我觉得这一切都值得！不管怎样，促使我们打拐民警继续前行的动力还是那份沉甸甸的责任。

唯愿天下无拐，宝贝回家！

杨丽丽 女，汉族，中共党员，大学文化，1974年5月出生。籍贯：河南省中牟县。1994年8月参加公安工作。历任二七公安分局刑侦大队技术中队副中队长、指导员职务，现任洁云路分局案件侦办大队基础中队中队长，二级警督警衔。

让青春在平凡的岗位上闪光

杨丽丽

从警二十一年，从事刑侦工作十五年，从二十岁的青葱岁月到四十岁的不惑之年，“让青春在平凡的岗位上闪光”是我从警以来的真实写照。爱岗敬业、无私奉献，在平凡的岗位上做出尽可能大的贡献，这就是我毕生的追求。

岁月如梭，二十一年时光匆匆流过，回头看自己走过的路，有荆棘，有岔口，还好，磕磕绊绊地走到现在，我一直没有偏离目标和方向。人过中年，我能说：我无愧于身上这身警服。

1994年，我还是个二十岁的黄毛丫头，警校毕业后怀揣梦想参加公安工作，被分配到二七公安分局。工作伊始，我对公安工作充满了好奇，没事就穿着警服到处乱晃，觉得自己神气不已，周围的同学、朋友都羡慕我有一份这么好的工作。上班后的头几年，我先后被分配到打字室、机要通信科工作，这些工作都是每天坐在办公室里，风吹不着，雨淋不着，日复一日做着简单、枯燥的事情。这对一些人来说是多么安逸呀，但是我充满了沮丧，难道这就是我从小追求的警察事业吗？难道从此以后的几十年我就要这样度过吗？不行，绝对不行！我的心告诉我，这不是我想要的。我找到分管局领导，主动要求到刑侦一线工作。当时，主管机要工作的是纪委朱书记，在我眼里是一个和善的小老头。他不同意，说我一个小姑娘怎么能干得了刑警的工作，我不死心，一见他就磨，他拗不过，只好答应了。1999 年 9 月，我如愿以偿地调入二七分局刑侦大队，这对我来说是一个多么神秘的单位呀，抓坏人，破大案，当时的二七刑侦在全市可是一个响当当的名号，队员也都是个当个一顶一。见分局把我这个小姑娘分下来，当时的刑侦大队大队长牛健也笑了，他把我交给主管刑事技术的副大队长方国义，说：“以后你就跟着他吧。”从此，我正式成为一名刑警，直到今天。

1999 年，技术工作还不像现在这么“高大上”，基本上几个技术员、几台相机、几把刷子就是技术中队的全部，一辆跑起来声音轰隆隆响的大吉普已经是当时大队最好的车了。我和几个师兄、一个师姐天天在辖区跑来跑去，应对不同的现场，同时还要给打击处理的嫌疑人提取生物检材，建立完善档案。回忆起来，这一段时光是我人生中最快乐的，我像一只小鸟，终于飞出了牢笼，在广阔天地里自由驰骋。刑侦工作不是一般的辛苦，天天在外面跑，风吹日晒，大夏天待在长蛆的尸体现场真是令人作呕，一些凶杀现场看后晚上吓得无法闭眼，但这又算什么呢，只要你喜欢，只要你热爱，这真的不算什么。就这样，日子一天天充实地度过，一群 20 来岁的年轻人把这项工作做得风生水起。

2003 年以来，刑事犯罪新情况和新手段层出不穷，传统的侦查模式已经很难适应新形势的变化，刑事技术工作被提到前所未有的高度。生物检材比对这项技术性、专业性很强的工作在基层公安机关全面铺开，我接下这个活，开始了专业的情报工作。这是个细致活，屁股要能坐下去，大脑要能上得去，眼睛要能看得过去。这对我是个全新的领域，是机遇，也是挑战。功夫不负有心人，到上级刑侦业务部门进行几个月的跟班培训后，我较好地掌握了这门技术，开始肩负起整个分局的生物检材比对工作。由于工作细致认真、方法得当，在2003年年底开展的全国生物检材比对会战中，我分局获得了全市分县局第一名的好成绩。截至2004年年底，仅我个人通过生物检材比对就破获本省、外省各类刑事案件百余起，其中不乏大要案和系列案件。成绩的取得不是一蹴而就的，其中的艰辛只有自己知道。由于长期伏案，这段时间我落下了严重的腰椎病、颈椎病，最重的时候两块颈椎突出严重，压迫神经，我疼得趴在床上，连动都不能动。视力也由入警时的双眼1.5变成零点几。这些病困扰我十几年，至今腰椎、颈椎动不动就要来折腾我，眼睛更是熟人走在对面都看不清是谁。有时想想，身体是革命的本钱，自己那时候是不是太拼命了，每当我这样想的时候，有四个字就会在我眼前浮现，那就是：青春无悔。

那是2005年6月3日，我清楚地记得，那天晚上，我分局五里堡派出所送来一个打架的嫌疑人叫张某森。给他采完生物检材后，我像以往一样把他的检材扫描到电脑，找出检材上的多个细节特征，标注后和全国的案件现场生物检材进行比对——这是我的习惯，工作不过夜，当天的事情必须当天做完。生物检材比对系统列出了一大堆数据，我一个一个看，一个一个细节比对。突然，一个现场检材物证出现在我面前，几个细节点一一吻合，我一精神，赶快把那枚现场检材调出放大，再看：嗯，没问题，就是它，是同一个人的生物检材，但是数据库里只有一个检材和编号，没有案情介绍。我赶快和市公安局刑侦支队刑科所专家取得联系，但是经过一夜的查找，并没有找到原始检材的案件档案，这是怎么回事呢？我想，小案件的现场提取检材太多，可能不知道放在哪里了吧。第二天，支队刑科所的李瑛大姐突然回忆起，原来她们在整理检材的时候专门把一些命案现场的检材单独保管存放，难道在那里面？大家都很疑惑，因为自生物检材比对工作开展以来，郑州市还没有通过这个系统比中过命案。李瑛大姐赶紧扒出那个保管严密的盒子，一个一个仔细看："哇，真的在这里呀！"大姐激动地大喊。在消息传到我分局的同时，支队的相关领导也纷纷到达，了解该案情况。

经查，这个比中的检材是2000年1月26日发生在二七辖区绕城公路侯刘庄村大队杨沟段东侧路肩处抛尸案件中罪犯遗留在胶带纸上的痕迹，时任二七分局刑侦大队大队长田亚杰和教导员张合斌，组织精兵强将迅速对犯罪嫌疑人张某森进行突审，突审前田大队长临时召开案情分析会。会上孙立副大队长根据现场遗留在包裹内捆手的透明胶带纸黏面的末端部位，认定现场痕迹肯定为捆手的嫌疑人所留，从而推断嫌疑人张某森肯定参与作案。有了铁的证据，参与突审的人员有了巨大信心。经过4小时的审讯，犯罪嫌疑人张某森在强大的政治攻势和铁的证据面前，对杀害姘头金俊娥并抛尸的犯罪行为供认不讳。至此，不费一兵一卒，仅靠一个生物检材就成功破获一起命案。命案破获后，上级组织给了我很大的鼓励和表彰，我因此也荣立了个人三等功。但是我想说的是，如果没有平时的认真负责、业务熟练，即便机会摆在你面前，你也会和它擦肩而过。

现在的我，经过十五年的历练，已经是个"老刑侦"了，这个"老"可不是"老油条"的"老"哦！我依然从事着我热爱的刑侦工作，虽然战场换到了办公室，但认真做人、踏实做事仍是我的座右铭，也是我今生始终不渝的追求。

马志胜　男，汉族，中共党员，大学文化，1969年10月出生。籍贯：河南省南乐县。1992年9月参加公安工作。现任郑州市公安局犯罪侦查局二支队政委，二级警督警衔。

从警路上，梦想飞翔

马志胜

在人民警察队伍中，有这么一群特殊的人。曾经，他们以“铁骑雄兵、拒敌千里”之气概，日夜守卫着我们的祖国；后来，他们卸下戎装，选择从警，再次肩扛起守护群众平安的责任，他们就是军转民警，他们就是来自绿色军营的铁警钢兵。而我，便是他们中的一员！

我十八岁入伍，转业后到郑州市公安局防暴队，虽然脱下军装，穿上了警服，但忠于党、服务于人民的理想信念从未改变！1998年，因工作调动，我来到了作风优良、善打硬仗的刑侦支队，至今已有十七个年头。光阴荏苒，岁月更替，走了前辈，来了新人，我见证了这支队伍由当初几十人的九处发展壮大到今天兵强马壮的犯罪侦查局。形势在变，人员在变，不变的是九处作风优良、业精技强的精神传承。我是见证者，同时和大家一样，我也是这种精神的受益者、传承者。

常人心中刑警的形象，大多来自影视作品，多是飒爽英姿、持枪破门，将犯罪嫌疑人按倒在地、当场抓获，或者是在枪战中将负隅顽抗的犯罪嫌疑人当场击毙，大快人心。但在实际生活中，刑警大部分的工作不是在枪林弹雨、生死搏杀中完成的，而是要耐得住寂寞、沉得下心神、坐得住板凳,用“蚂蚁啃骨头”般的艰辛,在黑暗中寻找破案的丝丝光明。

2013 年 11 月 20 日凌晨，郑州市商城路某小区和某技术学院家属院连续发生 5 起入室盗窃案件，被盗财物包括现金 40500 元和一块价值 52000 元的“欧米茄”牌手表，造成了恶劣的社会影响。当时我在市公安局打击入室盗窃管城专案组主持工作，犯罪分子近乎挑衅的嚣张气焰激起了我们专案组全体民警的斗志：不破此案，誓不收兵！我当即组织人员进行现场勘查和案件分析，然后一方面围绕现场走访调查，调取视频监控进行追踪；另一方面在全市对此类案件进行串并案，以便发现有价值的线索。

在调取了案发前后发案小区及周边卡口长达 100 多小时的全部监控视频后，我组织专案组侦查员通宵达旦反复观看、认真分析，不放过一点儿蛛丝马迹，最终从上千名过往人员中发现了两名 20 岁左右的可疑男子。随即，我带领侦查员对此二人的活动轨迹进行视频追踪，发现此二人在凌晨 2 时许通过翻墙方式进入商城路某小区，在该小区逗留时间长达一个多小时，而且在途经小区监控视频时有用衣服和手遮挡脸部的动作，我们遂将该二人列为重点嫌疑对象。

根据监控视频中犯罪嫌疑人身材瘦小、动作灵活的身体特征，地毯式推进的疯狂作案程度，以及老练的作案手法，我大胆推定，犯罪嫌疑人应该是来自川、贵、湘一带的入室盗窃犯罪团伙。经市公安局信息系统对案发前后在郑州有活动的 330 个川、贵、湘籍人员进行分析研判，发现 11 月 19 日 18 时，两名有盗窃前科的湖南湘西籍高危人员龙某斌、梁某亮在案发现场附近网吧上网，后不知去向。考虑到案发现场有嫌疑人出现时的视频监控，我就立即让侦查员到其上网的网吧调取了龙某斌、梁某亮上网期间的视频监控。经对二者进行比对，虽然案发现场的监控视频有些模糊，两名嫌疑人的面部特征不是很清晰，但两人所穿衣服及鞋子的款式和颜色与龙某斌、梁某亮上网时的穿着是一致的。因此，我们断定，湖南湘西籍盗窃前科人员龙某斌、梁某亮具有重大作案嫌疑。

随后，我们就对二人的活动轨迹进行调查，发现两名嫌疑人在11月20日凌晨疯狂作案后离开郑州回到了湘西老家躲避风头，并于12月3日17时许入住郑东新区某酒店，伺机作案。我立即带领专案组民警前往抓捕。在我们以酒店水电工的名义敲开房门后，发现房间内有三个人，除了龙某斌和梁某亮，还有一名年轻男子。在对他们进行控制后一一上铐时，我发现蹲在里侧墙角的那名男子正偷偷向床头移动，我突然感觉不妙，一闪念间，我便猛扑过去将其摁倒，结果发现在床头柜的抽屉里放着一把近20厘米长的单刃水果刀。我当时惊出一身冷汗，很庆幸没有让他得逞，使我的战友与危险擦肩而过。

经讯问，这是一个跨省区作案的盗窃犯罪团伙。团伙成员交叉作案，流窜作案，以高档住宅小区为盗窃目标，白天踩点，深夜翻墙进入，用特制的塑料卡片逐门逐户开门，实施盗窃。据犯罪嫌疑人交代，该团伙中还有梁某武、龙某先、吴某龙、梁某等人在逃。

除恶务尽。12月8日，我们管城打击入室盗窃专案组联合商城路分局奔赴湖南长沙将梁某武、龙某先、吴某龙等6名犯罪嫌疑人抓获归案。至此，该犯罪团伙9名成员全部到案，破获涉及杭州、武汉、长沙、濮阳和郑州金水、二七、中原、管城、惠济、郑东、经开等多个区域的百余起入室盗窃案件，清除了这一为害全国多地的特大流窜犯罪团伙。

当兵守卫国家，从警保民平安。自从脱下军装、穿上这身警服，我虽然没有立下显赫战功，但在群众危难时从没有半点的犹豫和退却；虽然没有大富大贵，但能够对得起自己的良心，对得起“人民”二字，也算是实现了在警营做一个“好兵”的梦想吧。

后记

时间镌刻忠诚　岁月见证辉煌

每个人的一生只有几十年，细细算来也不过两三万天。如果说普通人的时间是属于家人和自己的，那么警察的时间就是属于人民群众和公安工作的。24 小时的值班备勤，时间总是转瞬即逝；365 天的侦查破案，工作总是夜以继日。

“时间都去哪儿了？”当世人都在谈论这个话题时，我们刑侦民警一句句不经意的话，让我陷入沉思、浮想联翩……

“时间都去哪儿了，还没好好感受年轻就老了……”

“爸妈，单位有紧急任务，我就不陪你们吃年夜饭了……”

“老婆，很抱歉，我知道今天是结婚十周年纪念日，可审讯正在关键阶段，今晚就不回去了……”

“老公，队里有案子，我先走了……”

“宝贝，等爸爸忙完，下次保证带你去游乐园……”

“老同学，不好意思，单位加班，同学聚会又去不成了……”

“老战友，今晚有安保执勤任务，替我向老首长敬个礼、端杯酒吧……”

……

父母、爱人、儿女、同学、战友，这是需要我们用一生时间去珍视的财富；亲情、爱情、友情，这是需要我们用心去维系的感情。可身为人民警察，头顶庄严神圣的警徽，肩负人民的重托，我们必须学会放弃，把对亲人的牵挂、对儿女的愧疚、对朋友的歉意一并镌刻在人民警察绝对纯洁、绝对过硬、绝对可靠的别样忠诚之中。

时光如梭，岁月如歌。不管时代如何变迁，人民警察打击犯罪、维护稳定、守护安宁的历史重任始终没有改变；不管岁月如何流逝，“人民公安为人民”的铮铮誓言亘古长存。选择了警察这一职业，就注定选择了与众不同的人生历程；从穿上警服的那一天起，牺牲和奉献就始终伴随我们左右。不是人民警察超脱了七情六欲、不知亲情的可贵，也不是人民警察不懂得享受人生的安逸和生活的美好，而是面对各类案事件，我们必须日夜奔波，坚决把犯罪分子的嚣张气焰打下去，面对无数群众的期盼，我们必须夙夜奉公，守护好一方安宁！

在一代代人民警察，特别是刑侦民警心里，最大的心愿就是“天下无贼”。为了这个朴素的愿望,他们舍小家、为大家，尽职责、保平安。无数个白天黑夜，他们坚毅地穿梭于案件现场，抽丝剥茧觅真相，调查取证锁真凶；无数个春秋冬夏，他们执着地奔忙于神州大地，殚精竭虑扬正气，千里缉凶慰冤魂。

漫漫长夜里，几多妻儿守空房。

节日假期中，几多家庭盼团圆。

但是，日复一日，年复一年，他们义无反顾，从未懈怠。

时间，就这样在无私奉献和崇高坚守中一点一滴地溜走了，带走了年轻民警的青葱岁月，带走了老辈民警的苦乐年华。意气风发的年纪，仿佛还在昨天；似水流年的往事，仿佛仍在眼前。岁月或许会模糊我们的视线，时间或许会淡化我们的思绪，但一代代郑州刑警“忠诚、担当、敬业、奉献”的精神意志源远流长、历久弥新，一代代郑州刑警的故事必将成为一种“永不褪色的记忆”！

书中的主人公，都是郑州公安刑侦系统的亲历者和坚守者，他们虽然分工不同、岗位各异，从事刑侦工作的时间长短不一，但不约而同地都将一生中最宝贵的时间和生命里最火热的激情献给了刑侦事业。其中，有积劳成疾、舍生取义的公安二级英模张学军，有身患癌症仍战斗不息的一等功臣沙丽敏，有打黑除恶、为百姓伸张正义的一等功臣赵海军，有万里缉凶、与死神擦肩而过的一等功臣刘涛，有抛家舍子、屡带警犬破获大案的一等功臣宋宁……他们，是党和人民的忠诚卫士，是刑侦战线的铁血硬汉、铿锵玫瑰，是郑州公安辉煌历史的美丽剪影，是郑州公安发展壮大的坚实脊梁！

《永不褪色的记忆——郑州刑警故事》一书的推出，是郑州公安文化服务中心工作、宣传先进典型、助力跨越发展的一项具体举措，是回望郑州公安优良传统、总结郑州公安发展经验、展示郑州公安光辉历程的一次有益探索。本书通过回忆录的形式，全面、形象地展示了郑州公安刑侦工作的发展历程，通过不同时代、不同年龄、不同岗位的刑侦民警对自己亲身经历的刻画描写，详细梳理了郑州刑侦工作不断发展前进、从辉煌走向辉煌的基本脉络，充分彰显了郑州刑警疾恶如仇、忠诚履职、克难攻坚、无私奉献的英雄本色，必将进一步增进社会各界和人民群众对郑州公安工作的了解和支持，树立新时期郑州公安“忠诚、奉献、干净、担当”的良好形象；必将使读者在深入了解刑警故事的基础上，真切感受到刑警群体的内在精神和高尚情怀，进一步理解和支持郑州公安工作，为平安郑州、平安河南、平安中国建设注入正能量、做出新贡献。

为编撰此书，郑州市公安局政治部和市局犯罪侦查局多次召开会议，研究协调有关事宜，力争使本书达到全面、真实、准确。不少刑侦民警在每天繁忙的工作之余，主动牺牲个人休息时间，认真整理、撰写了文章素材；在本书的编写过程中，社会各界的多位领导、公安系统的多位同仁，也十分关心、多次关注，给予了帮助指导；负责本书编辑的相关同志也为本书的成功出版付出了大量心血，在此一并表示衷心的感谢！

最后，祝广大读者和全市公安民警及家属工作顺利、阖家幸福、事事如意！

郑州市公安局党委副书记、政治部主任 李珂

二〇一五年十二月